Le Farfafriche et autres contes du quartier

Illustration de couverture et pages 11, 49, 91 : Gaël Henry
Correction : Catherine Rigal

1, rond-point du Général-Eisenhower, 31101 Toulouse Cedex 9, France
editionsmilan.com

ISBN : 978-2-408-03427-6

Joséphine Lebard

Le Farfafriche et autres contes du quartier

milan

Pour Léonard, avec tout mon amour,
qui est plus fort que le roquefort.

Vous m'avez forcément vu aux abords du canal. Dès que le temps le permet, je traîne le long des berges, de chez moi jusqu'à la Grande Ville. Je longe les zones industrielles, les terrains vagues, je passe sous les ponts recouverts de graffitis et de pipi. Je croise des pêcheurs, des joggers, des marcheurs, des familles. Une fois à la Grande Ville, je m'arrête boire un petit coup dans un café, j'étire mes longues guiboles, je prends un peu le soleil et puis je repars dans l'autre sens. Je sais ce que disent les gens. Ils prétendent que je zone, que je traîne. Ce n'est pas vrai. S'ils étaient plus attentifs, ils verraient que, lors de mes petites balades, mes yeux sont toujours aux aguets. Je scrute les variations : celles qui surviennent sur les paysages aussi bien que sur les visages des gens. Un ciel qui tourne à l'orage, c'est finalement assez semblable à des yeux qui lancent des éclairs, non ? Et c'est parce que je regarde beaucoup et longtemps que je peux recueillir toutes les histoires du quartier. Notamment celles-ci.

Le farfafriche

Pour mon petit garçon, plus si petit,
mais qui, je l'espère, continuera
d'aimer le Farfafriche.

1
Un jardin secret

L'histoire que je voudrais vous raconter débute un soir après l'école. Elle se déroule au bord du canal qui longe le quartier du Muguet. J'aime bien me balader par là… Mais peut-être connaissez-vous l'endroit ? Le long du chemin de halage, on y trouve d'anciennes usines abandonnées, avec leurs cheminées édentées, leurs carreaux cassés et leurs toits détuilés. Bien sûr, si vous êtes un gamin très obéissant, qui est chez lui cinq minutes après que la sonnerie de l'école a retenti, il y a de fortes chances que vous n'y soyez jamais passé et qu'on ne se soit jamais croisés. Car les parents interdisent à leurs enfants d'aller jouer par ici. C'est beaucoup trop dangereux. En revanche, j'y vois souvent Ilyes, Oulematou et Lisa. Ilyes, c'est le petit qui a une dent de devant ébréchée. Il se l'est cassée en essayant de faire du vélo sans les mains pour impressionner Oulematou. Une grande gigue, tout en jambes, qui bat les grands du collège au basket et affiche toujours un air sérieux. Niveau taille, la troisième de la bande, Lisa, se situe pile entre Ilyes et Oulematou. D'ailleurs, elle se situe au milieu de tout. Elle est comme un pont qui relie Ilyes le bavard et Oulematou la silencieuse. Sa façon de s'esclaffer aux blagues de l'un fait naître un sourire sur les lèvres de l'autre.

Tous les soirs de la semaine, vers 17 heures, je les vois filer le long du canal, vers l'ancienne fabrique de palettes en bois, où l'on trouve quantité de planches mais aussi d'énormes bobines de câble électrique pour faire de fantastiques cabanes. Ils passent discrètement à travers le trou du grillage et se volatilisent derrière les mauvaises herbes. Ils goûtent d'une baguette ramenée par Ilyes et d'une plaquette de chocolat chipée par Lisa dans le placard de la cuisine. Oulematou sort de son sac une grosse gourde de grenadine. Ils mangent silencieusement puis se mettent au travail. Ilyes consolide le canapé qu'il construit avec de vieilles palettes de bois. Oulematou bricole une table basse avec une bobine de câble. Lisa, elle, remplit des bocaux avec les tessons de bouteille trouvés sur le terrain, qu'elle classe par couleur pour faire de jolies décorations. De jour en jour, la cabane devient un peu plus confortable. C'est leur endroit à eux. Un cocon que personne – à part moi – ne connaît et que personne ne pourra leur enlever. Enfin, c'est ce qu'ils croient.

Car un vendredi, alors que les trois enfants ont laissé loin derrière eux l'école et la classe de CM2 de Mme Teurgoule et arrivent, essoufflés et riants, vers le terrain vague, ils découvrent que le trou dans le grillage a été réparé. Un portail avec un lourd cadenas a été installé. Une énorme pancarte montre des bâtiments tout de verre et de bois avec des gens qui ont l'air très contents d'avoir été dessinés là. En arrière-plan, on devine le canal, mais sans les canettes de bière et les carcasses de vélos qui flottent habituellement à sa surface. Sous l'image, il est écrit :

BÉTONMIGNON PROMOTION vous propose
son **nouveau programme** !
LA RÉSIDENCE *AU FIL DE L'EAU* !
58 logements du studio au T4 à partir de 150 000 €
Douche à l'italienne, toilettes japonaises,
cuisine américaine, jardins à la javanaise !
Devenez propriétaire à un rythme de croisière !

Les trois enfants regardent longuement la pancarte.

– Ça sort d'où, ce truc ? demande Lisa.

– 150 000 € le studio ! C'est super cher ! Avec ça, on peut s'acheter trois camions de bonbons… au moins ! lance Ilyes, toujours pragmatique.

Oulematou, elle, se demande à quoi peuvent bien ressembler des jardins à la javanaise. Elle imagine de grosses fleurs carnivores rouge sang qui poussent dans les plates-bandes et, entre les bâtiments, de longs arbres noueux sur les branches desquels pépient des colibris.

– Dégagez ! lance soudain une voix frottée au papier de verre et aux cigarettes sans filtre.

Les trois enfants lèvent les yeux. Un homme d'au moins deux mètres de haut les regarde de l'autre côté de la grille. Il porte un blouson bleu marine avec « Balaiz Security » écrit au niveau du cœur. Il tient en laisse un gros berger allemand qui a l'air aussi aimable que Souleymane, le grand frère d'Oulematou, quand il réalise qu'il n'y a plus de céréales Chocomix le matin pour son petit déjeuner.

Lisa ne se laisse pas impressionner. Elle relève le menton, plante ses poings contre ses hanches et demande :

– Et pourquoi on devrait dégager, hein ?

– Parce que t'as rien à faire là, la mouflette, lui rétorque M. Balaiz Security. Le terrain, il appartient à des promoteurs, y a des immeubles qui vont bientôt être construits dessus et moi, en attendant, je surveille que personne y vienne. Pigé ?

– Pigé, réplique Lisa sur le même ton. Mais, promoteur ou pas promoteur, nous, on a une cabane sur ce terrain. Et on aimerait bien y aller. On fait rien de mal, on dérange rien, qu'est-ce que ça peut bien faire qu'on vienne jouer ici ?

Et, de ses petites mains, elle commence à secouer la grille qui se met à gémir comme une mémé qui aurait perdu son dentier. Sur ce, le chien se met à aboyer, Lisa à crier, le gardien à menacer. Ilyes tire Lisa par la manche, Oulematou sur les talons, et tous trois s'enfuient alors que la nuit commence à tomber sur le canal.

2

Un drôle de petit bonhomme

Les semaines suivantes s'étirent comme un chewing-gum de tristesse. Un chewing-gum qui n'a plus de goût. Chaque soir après l'école, je vois Ilyes, Oulematou et Lisa venir rôder du côté du terrain vague, sur lequel la résidence *Au Fil de l'Eau* pousse inexorablement. Et c'est comme si M. Balaiz Security avait des antennes. À peine les trois enfants s'approchent-ils de la grille qu'il surgit avec son chien, et on ne saurait dire lequel des deux a le regard le plus menaçant. Un dimanche, enfin, les enfants ont plus de chance : le gardien est absent. Hélas, le gros cadenas les nargue encore, avec son lourd maillage de chaîne qui s'enroule comme un serpent autour de la grille. Ilyes a apporté un petit fil de fer et essaie, comme à la télé, de l'enfoncer dans la serrure pour la faire céder. Mais il y a des choses qui ont l'air de marcher très bien dans les séries et beaucoup moins dans la vraie vie. Lisa pousse des soupirs à faire se déplacer les nuages. Oulematou shoote dans un caillou qui rebondit contre la tôle du portail.

– Eh, ça va pas, la tête ?

Une petite voix agacée s'élève de l'autre côté de la grille qui barre l'entrée de la friche.

– C'est qui qui parle ? demande Ilyes, parce que le dimanche, il oublie que Mme Teurgoule leur répète sans cesse que « C'est qui qui », ce n'est pas correct.

– Ben, c'est moi ! poursuit une petite voix aiguë comme un bonbon acidulé.

– C'est qui, moi ? insiste Oulematou, agacée.

D'un trou grignoté par la rouille au bas de la grille surgit alors une petite silhouette. Un minuscule bonhomme, pas plus haut qu'un doigt. Il porte un bermuda taillé dans un kleenex, un tee-shirt bricolé à partir d'un bout de sac plastique. Ses longs cheveux emmêlés sont rassemblés en un chignon dans lequel il a piqué un coton-tige pour faire tenir le tout. Sa barbe, tout aussi emmêlée que sa crinière, tombe presque jusqu'au sol. Il se tient, furibard, les mains sur les hanches.

– Moi, c'est le Farfafriche.

– Le Farfa-quoi ? s'étonne Lisa.

Le petit bonhomme soupire avec l'air de celui à qui on pose systématiquement la même question. Il s'assied en tailleur sur une petite pierre et prend une longue inspiration.

– Le Far-fa-fri-che, articule-t-il exagérément. Vous savez ce qu'est un farfadet.

– Un petit lutin, répond doctement Oulematou.

– Un lutin, pas forcément petit, réplique vexé le Farfafriche. Bon, eh bien, si je suis un Farfafriche, cela signifie que je suis un farfadet qui habite…

– Une friche ! comprend Ilyes.

– Voilààààààà ! s'exclame le farfadet.

Cela fait quelques secondes déjà que Lisa réfléchit, un doigt sur la bouche. Elle toussote légèrement.

– Si vous êtes le Farfafriche, est-ce qu'il existe un Farfaéroport ?

– Bien sûr. Lui, il loge sous les tapis roulants où on dépose les bagages. C'est mon cousin.

– Un Farfarmacie ?

– En l'occurrence, c'est « une » Farfarmacie, et c'est ma sœur. Elle habite derrière le rayon des huiles essentielles. Elle sent toujours très bon.

– Un Farfaccrobranche ?

– Ah, lui… Il a un boulot en or…

– Roh la chance, s'exclame Oulematou.

– ... mais c'est un vrai abruti ! complète le Farfafriche.

– Et le Farfatelier ?

– Et le Farfabribus ?

– Et le Farfaphare ? À moins que ce soit le Farphare ? s'interroge Ilyes en se grattant la tête.

Le Farfafriche se bouche les oreilles :

– STOOOOOOOP ! Vous êtes sérieusement farfatigants, là ! On va pas se farfarcir tout mon arbre généalogique non plus ! Bon, qu'est-ce que vous fabriquez par ici ?

– « Farfabriquez », vous voulez dire, le reprend Ilyes, qui veut se montrer complaisant avec le petit homme.

– Hein ? Qu'est-ce que tu racontes ? rétorque le Farfafriche.

Ilyes pique un fard en grommelant.

3

À qui est cette fichue friche ?

– On nous a volé notre terrain vague... explique Lisa.

– *Votre* terrain vague ? répète le Farfafriche en se grattant la tignasse.

– Ben oui, notre terrain vague, reprend Oulematou en désignant du menton l'espace par-delà la grille.

– Attendez... Votre terrain vague... C'est *ma* friche, en fait...

– On dirait bien, murmure Ilyes qui regarde, inquiet, le Farfafriche faire les cent pas de plus en plus vite devant eux.

– Mais c'est pas possible. C'est *ma* friche, *MA* friche, et c'est comme ça depuis toujours ! Zut quoi !

Il pile soudain dans sa petite marche sportive et opère un demi-tour vers les enfants, son index riquiqui et vengeur fendant l'air :

– En plus du promoteur et de son crétin de vigile, maintenant il y a vous qui me dites que cet endroit vous appartient ! Là, c'est carrément le pompon !

Alors qu'il s'apprête à reprendre ses va-et-vient épuisants, Lisa se dirige droit vers le Farfafriche. Elle le saisit fermement par le bermuda et le soulève à la hauteur de ses yeux :

– Maintenant, on se détend et on discute !

Les petites jambes du Farfafriche battent l'air. On dirait un cycliste miniature qui a perdu son vélo.

– Redescends-moi tout de suite, espèce de gamine dégénérée ! J'ai le vertige ! Pose-moi illico !

– Si on discute, d'accord !

– Je veux bien discuter, mais fais-moi descendre et ne parle pas si près de mon nez. Tu as mangé quoi pour avoir une haleine pareille ?

Gênée, Lisa repose délicatement le Farfafriche qui continue de pédaler dans le vent jusqu'à ce qu'il ait enfin touché la terre ferme. Oulematou se dirige droit vers lui dès qu'il atterrit dans le gazon pelé.

– Maintenant, on va parler, dit-elle – et il n'y a pas de point d'interrogation dans sa voix.

– Y a rien à discuter, postillonne le Farfafriche tout en réajustant le coton-tige dans sa chevelure.

– Oh que si, rétorque Oulematou. Jusqu'à présent, est-ce que vous aviez remarqué qu'on venait sur (elle mime des guillemets dans l'air) « votre » terrain ?

Le Farfafriche tripatouille son coton-tige d'un air pensif.

– Ça me fait mal au bermuda de l'admettre, mais je dois reconnaître que non, finit-il par lâcher dans un soupir.

– Ah ! lance triomphalement Oulematou.

– Mais comment ça se fait, d'ailleurs ? souligne Ilyes. On venait tous les jours de la semaine, après l'école…

Le teint du Farfafriche passe du rose de l'aubépine au rouge d'une borne incendie.

– Mais parce que je bosse, vous êtes marrants, vous ! Une friche, c'est du boulot ! Les mulots qui me demandent de mettre en place un système de surveillance contre les chats errants qui veulent les boulotter… Les réunions avec les ragondins qui ne sont pas contents de la dégradation de leur écosystème. L'hirondelle qui porte plainte contre moi parce qu'elle s'est blessé la patte sur un tesson de bouteille et qu'elle me tient pour responsable…

– Abusé, souffle Ilyes.

Le Farfafriche hoche la tête en signe d'approbation.

Lisa se racle la gorge et synthétise la situation : le Farfafriche ne s'était pas rendu compte de la présence des enfants, qui ne dégradent pas les lieux. On pourrait donc envisager de continuer la cohabitation. Tout en l'écoutant, le petit homme se gratte pensivement le dessous de bras. Effectivement, cela pourrait se faire. Sauf que demeure le problème du promoteur ! D'ici quelques semaines, Farfafriche ou mouflets, tout le monde devra plier bagage devant les bétonneuses, les sulfateuses, les colmateuses…

– En conséquence de quoi, nous devons unir nos forces ! conclut-elle.

Le Farfafriche commence à gratter son second dessous de bras. D'accord, mais comment ?

– Tu n'aurais pas un pouvoir, hasarde Ilyes.

– J'en ai un, mais il est complètement nul, soupire le Farfafriche.

– Dis toujours, l'encourage Oulematou.

– Je peux transformer tout ce que je veux en bonbon.

– Mais c'est pas nul du tout, ça ! s'exclame Lisa.

– Ah, c'est sûr que si tu veux organiser un anniversaire géant avec toute ta classe, c'est génial, admet le Farfafriche. Mais pour chasser un promoteur et son vigile, c'est moins bien…

– Il y a forcément une solution, insiste Ilyes. Je propose un conseil de guerre !

4

Conseil de guerre

Si quelqu'un s'aventurait à proximité du terrain vague ce dimanche après-midi, il pourrait voir trois enfants assis en tailleur discutant vivement entre eux. Deux choses le surprendraient alors, s'il faisait attention. La première, c'est que les enfants, s'ils parlent ensemble, s'adressent aussi parfois à un caillou. En plissant les yeux, il apercevrait peut-être une forme minuscule gesticulant sur la pierre. La deuxième chose, c'est qu'à intervalles réguliers, un nuage de fumée rose se forme au milieu de leur cercle. Quand la fumée se dissipe, demeurent un roudoudou, un gros bâton de guimauve ou une poignée de bonbons à la violette que l'un des enfants s'empresse d'engloutir, non sans avoir lancé à la cantonade un « Merci ! » ravi.

Mais cet après-midi, le temps est gris, le ciel est bas et personne ne passe à côté du terrain vague pour troubler le conciliabule d'Ilyes, Oulematou et Lisa avec le Farfafriche. À part moi, bien sûr, mais je ne suis pas une de ces balances qui rapportent ce que fabriquent les enfants.

Enfin si. Il y a bien quelques petites choses que je peux vous raconter. Pas pour faire le cafteur, mais parce que ça me semble important que vous le sachiez. En fait, je voudrais évoquer l'ambiance de cette petite réunion. C'est très bizarre. D'un côté, l'excitation des enfants est palpable et, de l'autre, il y a comme un parfum de mélancolie qui plane sur la friche. Il flotte surtout autour d'Ilyes, d'Oulematou et de Lisa. Parce que, quoi qu'il se passe, qu'ils réussissent ou non à récupérer leur terrain, ils ont la sensation très forte qu'une période vient de se clore. Celle où ils étaient les seuls à profiter du lieu. On peut être très généreux et rechigner un peu au moment de partager ce qu'on a de plus cher avec d'autres. C'est humain, ça ne fait pas de vous quelqu'un de mauvais.

Et puis, il y a autre chose. D'ailleurs, si un adulte se trouve dans la pièce où vous êtes en ce moment, dites-lui que, pour une fois, il a le droit de lire par-dessus votre épaule. Ça peut lui être utile. À cette mélancolie ressentie par les trois enfants s'ajoute une bonne dose de colère. Contre le vigile, contre ce promoteur qui vient voler leur terrain, mais, plus globalement, contre les grands en général. C'est comme si cet événement venait raviver une blessure bien connue. Un peu comme quand, alors qu'Ilyes compte reprendre un gâteau dans le paquet, sa mère regarde d'un air désapprobateur son petit ventre rebondi. Ou quand, alors que Lisa s'arrête sur le pont qui enjambe les voies ferrées pour regarder les trains passer, son père grogne en lui demandant de ne pas traîner. Elle n'est pas bien méchante, cette blessure. Mais c'est un peu comme se couper le doigt sur une feuille de papier : rien de grave, et pourtant c'est douloureux.

C'est bon, maintenant. Vous pouvez dire à l'adulte qui lisait en même temps que vous de retourner à sa vie : payer des factures, préparer une ratatouille ou regonfler ses pneus de vélo. Ce qui suit ne le regarde plus.

D'ailleurs, la nuit commence à tomber, la conversation à s'épuiser. Il est temps de rentrer. Dans le crépuscule, trois petites silhouettes quittent les abords du canal en lançant de joyeux « À mercredi ! ». Un gros nuage de fumée rose leur répond.

5
La guerre des bonbons

Le mercredi suivant, après le déjeuner, c'est l'effervescence au bas de la tour 4 du quartier du Muguet. Au niveau du bac à sable, une grosse dizaine d'enfants discutent vivement. Mais, sitôt qu'un adulte s'approche, ils baissent instantanément la voix et font semblant de vaquer à diverses occupations d'enfants. Bien sûr, il y a Lisa, Oulematou et Ilyes. Mais aussi Ibrahima et sa petite sœur Fatou sur son vélo jaune et rouge à petites roues. Alma et Lucien, les jumeaux cascadeurs qui ont en permanence au minimum deux bleus à chaque genou, sont là également. Même le grand Idir a fait le déplacement. Sans compter Léonard, Paulo, Aminata, Victoria, Kasper, Charlotte, Djibril, Barbara, Mohamed… À pied, à vélo ou à trottinette, la petite troupe se dirige vers le canal, menée par Lisa, Oulematou et Ilyes. Un quart d'heure plus tard – ils ont été ralentis par le petit Paulo dont il a fallu refaire trois fois les lacets –, les voilà qui arrivent devant le terrain vague.

Les façades de béton brut de la future résidence *Au Fil de l'Eau* se découpent dans le ciel, et les bâches qui protègent les fenêtres se gonflent sous l'effet du vent. Cela donne à l'ensemble un aspect lugubre. Rien à voir avec la photo publicitaire que la pluie et le vent ont, de toute façon, déjà commencé à défraîchir. Les enfants frissonnent devant cet immeuble fantôme. Soudain, un aboiement et de lourds bruits de chaîne les font sursauter : le vigile vient d'ouvrir la grille et se matérialise devant eux, son chien fermement tenu en laisse.

– Qu'est-ce que vous fichez encore là, les mioches ? C'est pas un endroit pour vous, ici ! Alors, pour la dernière fois, vous dégagez !

Il y a un grand silence. Seul le vent continue sa mélopée sinistre. Comme dans un western, les enfants et le vigile se font face. Le vigile a une dizaine de paires d'yeux plantées dans les siens.

– Dégager ? Ça, c'est ce qu'on va voir, murmure Lisa.

Elle s'élance et elle se glisse entre les jambes du vigile puis file jusqu'au cœur du terrain vague. Les autres enfants lui emboîtent le pas, sous le regard ahuri du colosse, fossilisé par la surprise. On dirait une colonie de petites souris faussant compagnie à un gros chat. Une fois arrivée au milieu du terrain vague, Lisa hurle à pleins poumons :

– Farfafriche, on est là !!!

Une petite silhouette émerge alors des hautes herbes et grimpe sur une bobine de câble électrique abandonnée.

– Opération Bonbon : actiooooooooon ! Tout le monde sait ce qu'il doit faire ? postillonne le Farfafriche.

Et tous les enfants lèvent le poing vers le ciel en poussant un cri de guerre.

– Alors, bougez-vous les fesses ! s'enflamme le Farfafriche, qui ne s'embarrasse pas de politesses.

– Qu'est-ce que c'est que ce foutoir ? tempête le vigile. Je vais lâcher le chien, je vous le garantis. J'ai la loi pour moi, les morveux…

– Ben vas-y, grosse nouille, le provoque Lisa, contaminée par le langage fleuri du Farfafriche.

Le vigile hésite un peu. Il se dit qu'un gardien qui lâche un molosse sur des gamins pour qu'il leur croque les guiboles, ça risque de faire mauvais genre. Mais quand Kasper fouille le tréfonds de sa narine pour en extraire une crotte de nez bien verte et visqueuse, qu'il la roule entre ses doigts puis l'expédie d'une chiquenaude sur son bel uniforme, alors là, il n'y a plus à tortiller.

– Vas-y Kiki, attaque ! écume le vigile.

À peine a-t-il détaché son chien que le Farfafriche se met à trépigner sur sa bobine.

– Opération Catapulte ! Opération Catapulte ! crie-t-il de sa petite voix aiguë.

– Léonard, à toi ! crie Ilyes.

De sa poche, Léonard sort un lance-pierre. Il attrape au vol le Farfafriche, l'installe contre l'élastique qu'il tend au maximum et propulse le farfadet en direction du chien. Le Farfafriche s'élance dans les airs, les poings en avant, comme Superman, le slip rouge en moins, le bermuda en kleenex et le chignon coton-tige en plus.

– Vengeeeeeeeeaaaaaaaaaaance ! hurle-t-il.

Ses mains s'ouvrent, laissant s'échapper un épais nuage de fumée rose qui enveloppe le molosse alors qu'il s'approchait dangereusement des mollets dodus d'Ibrahima. Pendant quelques secondes, on ne voit plus rien, sinon Ibrahima s'éloignant à toutes jambes. Pendant quelques secondes, on n'entend plus un bruit, sinon un drôle de jappement. Puis, une fois la fumée dissipée, on découvre Kiki la gueule pleine de chewing-gum : ses crocs acérés sont englués dans une pâte collante et rosâtre. Et, à chaque fois qu'il essaie de lancer un aboiement, c'est une bulle qui éclot entre ses babines. Il a beau secouer la tête, remuer dans tous les sens, rien n'y fait. Le molosse est neutralisé. À tel point que Charlotte s'en émeut…

– Mais… Il va rester toute sa vie comme ça ?

– T'inquiète, Poulette, la rassure le Farfafriche. Au bout d'une heure ou deux, le chewing-gum s'auto-dissout…

– Lui, en revanche, il ne s'est pas auto-dissous, s'inquiète Lisa en pointant du doigt le vigile qui s'avance, écumant de rage, vers les enfants.

– Le boulot n'est pas fini, les encourage le Farfafriche en s'installant au creux de la paume de Fatou pour mieux superviser la bataille. On s'occupe de lui, maintenant ! Opération Roudoudou !

Une nouvelle vapeur rose s'échappe de ses doigts et laisse au creux de ses mains deux énormes roudoudous.

Barbara s'avance d'un pas décidé. Elle s'empare des deux bonbons roses et collants dans leur coquillage blanc et les envoie méticuleusement vers le vigile.

Splotch. Le premier se colle précisément sur l'œil gauche du gardien. *Splitch.* L'œil droit reçoit le même traitement. Les roudoudous collent aux paupières du vigile, qui ne voit désormais plus rien et se dirige à l'aveuglette sur le terrain vague, les mains en avant, les pieds butant sur les pierres et les planches qui l'environnent. Profitant de la débandade, Victoria se saisit des longs fils à la cerise que lui tend le Farfafriche et en saucissonne les jambes du vigile, qui finit par s'écrouler dans un grand *schplaf* sonore.

Une immense clameur de victoire s'élève du terrain vague.

6

Celui qui n'était pas invité (mais est venu quand même)

– Mais qu'est-ce que c'est que ce bazar ?

À l'entrée de la friche se dresse un homme en costume, les mains sur les hanches, le regard furieux. Il s'avance vers les enfants, mais s'arrête net devant Kiki et ses dents chewing-gumisées, puis devant le vigile enroulé dans ses fils à la cerise avec deux gros coquillages dégoulinants de sucre sur les yeux.

– Mais qu'est-ce que…

– C'est parce qu'ils voulaient nous piquer notre terrain, explique Oulematou.

– Votre terrain ? répète l'homme.

Et ses yeux s'agrandissent comme des bonbons soucoupes volantes, ceux remplis de cette poudre qui pique les dents.

– Ben oui, s'énerve le Farfafriche depuis la paume de Fatou, notre terrain, aux enfants et à moi…

– Mais c'est qui celui-là ? s'exclame l'homme dont les yeux ont à présent la dimension de deux vaisseaux spatiaux intergalactiques.

– C'est le Farfafriche, rétorque Ilyes en haussant les épaules. C'est assez farfacile à comprendre, non ?

– Pffff… « Farfacile »… N'importe quoi, soupire le Farfafriche.

– Ah bon, ça se dit pas non plus, ça ? Faudra que tu m'expliques ta langue, un jour, s'agace Ilyes.

Le monsieur en costume s'agace lui aussi.

– Ça va ? Je dérange pas trop votre petite conversation, au moins ?

– Oh, non, ne vous inquiétez pas, le rassure le Farfafriche. C'est juste un léger différend…

– Non, parce que, poursuit le monsieur, ce terrain est à moi, en fait. Je suis le promoteur de la résidence *Au Fil de l'Eau*…

Je sais ce que vous allez me dire : « C'est fou quand même ! Le promoteur déboule juste à ce moment-là ! » J'imagine que certains d'entre vous pensent que je suis un menteur. Que j'ai inventé cette rencontre pour créer un nouveau rebondissement à cette histoire.

Eh bien, pas du tout ! Il s'avère que, dans quelques jours, le bureau de vente pour la résidence *Au Fil de l'Eau* va ouvrir. Les clients vont affluer pour visiter le lieu et peut-être acheter un appartement. De jeunes couples venus de la Grande Ville pour gagner en espace, avoir un petit bout de terrasse, la vue sur le canal. Or, disons-le clairement : Ilyes avait vu juste, le prix des appartements n'est pas donné-donné. Le promoteur doit donc vendre du rêve aux futurs propriétaires. Aussi est-il venu en repérage, s'assurer que le terrain n'est pas trop cracra (raté), que le grand panneau publicitaire fait toujours envie (détrempé par la pluie, clairement pas…) et que le gardien a bien fait son boulot (hum, hum…). Autant vous dire que quand il tombe sur une horde de gamins surexcités, un farfadet hystérique et un vigile hors service, sa bonne humeur naturelle, déjà bien entamée par l'état du chantier, s'envole définitivement. Et ça, les gamins le comprennent vite. Plus particulièrement quand le promoteur saisit Victoria par une de ses tresses pour la raccompagner vers la sortie.

– Vous allez décamper et puis point barre, grince-t-il entre ses dents.

Le Farfafriche saute de la paume de Fatou, grimpe sur un petit monticule de terre et dresse un index menaçant en direction du promoteur :

– Je vous conseille de lâcher cette enfant et sa natte tout de suite, sinon…

Mais l'homme continue à traîner Victoria par les cheveux.

– Je crois qu'il ne t'a pas entendu, lui glisse précautionneusement Idir.

– Rah, mais que c'est pénible d'être petit, parfois ! peste le Farfafriche. Répète-lui ce que je viens de dire…

– Lâchez la gamine, ou sinon… prévient Idir.

Le promoteur se retourne, goguenard :

– Sinon quoi ?

– Euh… ben… je sais pas, en fait, lui répond Idir, penaud.

Le promoteur part d'un grand éclat de rire qui fait fuir deux musaraignes et trois ragondins. L'un d'eux passe à proximité du Farfafriche qui l'enfourche illico comme un cheval et se dirige vers la résidence en hurlant :

– Sinon ça !

Une brume épaisse et rose entoure alors le bâtiment, si épaisse et si rose que le promoteur en lâche la tresse de Victoria. Celle-ci en profite pour lui coller un bon coup dans les tibias. Quelques secondes plus tard, le nuage se dissipe tout à fait et la résidence dévoile à nouveau ses contours. Mais quels contours ! Il n'y a plus de murs de béton. À la place, ce sont de hautes façades en spéculoos qui se dressent. Les encadrements de fenêtres sont faits de sucres d'orge à rayures rouges et blanches, des bonbons à la bergamote décorent la façade de leur belle couleur ambrée tandis que le toit est désormais composé d'au moins un milliard de langues de chat… Mais le Farfafriche ne s'est pas contenté d'embellir la façade. Il a aussi joué les architectes d'intérieur. C'est ainsi que, par les fenêtres, on aperçoit des canapés de guimauve entourés de poufs en fraises Tagada. Du robinet de la cuisine coule un chocolat sombre et mousseux, et les édredons sont faits dans la barbe à papa la plus duveteuse qui soit.

– Il est pas gonflé, le Farfafriche, murmure Ilyes à l'oreille d'Oulematou. Il a piqué l'idée dans *Hansel et Gretel…*

– Je t'entends, hein, lui lance le Farfafriche. Excuse-moi d'avoir lu mes classiques ! L'important, c'est d'utiliser sa culture au bon moment. Et, pour ma part, je trouve ma création farfadmirable !

Les enfants sont du même avis. Éblouis, ils se ruent sur le bâtiment et commencent à attaquer à pleines dents les murs, les fenêtres et les linteaux.

À ce moment, le promoteur lâche une bordée d'injures au Farfafriche, que je n'ose retranscrire ici tant elles sont vulgaires. Vulgaires au point que les nattes d'Oulematou s'en sont dressées sur sa tête, que le bout des oreilles de Léonard a viré au rouge vif et qu'Idir a lancé dans un souffle :

– Oh, non… Le maboule…

– Il a dit quoi ? murmure entre ses dents le Farfafriche d'un ton inquiétant.

– Rien, rien, tente Lisa en posant sa main devant le Farfafriche pour s'interposer entre lui et le promoteur.

Le Farfafriche se met à sauter dans tous les sens comme une boule dans un flipper déglingué.

– IL A DIT QUOI ????

Non, vraiment, n'insistez pas. Je ne peux pas retranscrire ici les paroles du promoteur. Ce n'est pas mon rôle de vous apprendre des insultes aussi affreuses. Disons seulement que le promoteur a dit des choses très très grossières au sujet de la mère du Farfafriche.

– Ça va être la Farfapocalypse, prévient Ilyes.

Mais la blague ne fait rigoler personne. Et, alors que le Farfafriche pointe son index vers le promoteur, tous les enfants se cachent le visage derrière leurs mains. Malgré cela, un violent éclair rose parvient à se glisser entre leurs paupières et les aveugle l'espace d'un centième de seconde. Quand ils se décident à rouvrir les yeux, le promoteur est toujours là. Enfin… Il y a toujours un bonhomme en costume au beau milieu du terrain vague. Pourtant, celui-ci n'est plus fait de chair et d'os, mais de pain d'épices. Après quelques secondes de sidération, il remonte les manches de sa chemise, aperçoit en lieu et place de sa peau rosée une pâte dorée exhalant une délicieuse odeur de cannelle. Les enfants ne sont pas moins stupéfaits. C'est finalement Idir qui rompt le silence :

– Les gars, je sais pas vous, mais mon estomac m'indique qu'il est l'heure du goûter. Et je croquerais bien un petit biscuit, pas vous ?

– Ouiiiii ! s'exclament tous les enfants en chœur, avant de se lancer à la poursuite du promoteur en pain d'épices.

Ilyes, lui, est resté aux côtés du Farfafriche, qui s'est relancé dans le grattage frénétique de ses dessous de bras :

– Ça va ? Ça te gêne pas trop d'avoir copié le conte du bonhomme de pain d'épices, cette fois ?

Le Farfafriche cesse une petite seconde de se grattouiller l'aisselle et jette un regard hautain aux alentours :

– On me parle ? Non ? C'est bien ce qu'il me semblait…

7
Épilogue

Si quelqu'un s'était promené dans le coin ce soir-là, il aurait vu un bonhomme en pain d'épices géant pourchassé par une meute d'enfants rigolards. Mais, bien évidemment, il faisait trop froid pour que quiconque ait eu l'idée saugrenue de glisser un orteil dehors. Alors, personne ne peut attester de la véracité de cette histoire. À part moi, bien sûr, qui, comme tous les jours, cherchais la légendaire sirène du canal. Mais je vous raconterai cette histoire une autre fois… Pour l'heure, je voudrais vous rassurer. Les enfants n'ont pas viré cannibales. Ils n'ont pas grignoté le promoteur. Tout au plus celui-ci a-t-il battu le record du 5 000 mètres catégorie bonhomme en pain d'épices. Et, le lendemain, le sort du Farfafriche était levé ; le promoteur a retrouvé sa peau rose et poilue, pile au bon moment : sa femme s'apprêtait à lui croquer un doigt de pied car l'odeur de cannelle était vraiment trop appétissante. Autant vous dire que la suite de la journée a été un peu tendue entre eux deux…

Mais laissons là les problèmes de couple du promoteur et revenons du côté du canal. Avec le retour des beaux jours, les passants désormais nombreux voient des gamins de tous âges s'amuser sur un terrain vague à la grille duquel est accroché le panneau suivant : « Interdit aux adultes ». Un vigile y veille. Il est facile à reconnaître. Il est assis dans un transat, devant la friche, un énorme sac de roudoudous à portée de main. Car les bonbons du Farfafriche ont ceci de magique : ils ne sucrent pas seulement les bouches, ils adoucissent aussi le cœur de ceux qui les mangent. Et, pendant la bataille rangée, le vigile en a englouti un certain nombre. À ses pieds, son chien s'entraîne à faire des bulles de chewing-gum. Souvent, on entend des chants s'élever depuis l'autre côté du grillage. Des choses comme :

On a cherché sous les frondaisons
Un endroit à nous pour se faire une maison
On a trouvé ce petit terrain
Avis aux adultes, ouais : passez votre chemin !

La friche c'est chez nous !
Ici notre imagination
Fait des bonds jusqu'au plafond
La friche, c'est à nous !
Un p'tit coin sauvage
Où y a pas besoin d'être sage

On a trouvé un coin de gazon pelé
Plein de chats errants et de cageots abandonnés
On a découvert et ça c'est pas banal
Un drôle de Farfafriche au bord du canal

La friche c'est chez nous !
Ici notre imagination
Fait des bonds jusqu'au plafond
La friche, c'est à nous !
Un p'tit coin sauvage
Où y a pas besoin d'être sage

On a décidé de laisser au rebut
Les consoles japonaises et les Barbie chevelues
On a choisi d'être les Robinsons
D'une folle île déserte remplie de bonbons

La friche c'est chez nous !
Ici notre imagination
Fait des bonds jusqu'au plafond
La friche, c'est à nous !
Un p'tit coin sauvage
Où y a pas besoin d'être sage

Étant adulte moi-même, je ne suis pas invité aux après-midi qui réunissent le Farfafriche et les enfants. Mais je dois avouer qu'il m'arrive, lors de mes balades le long du canal, de glisser un œil par les interstices du grillage. Tout ce que je peux vous dire, c'est qu'on entend beaucoup de rires et que, de temps en temps, un gros nuage de fumée rose se forme au-dessus du terrain. Ah, autre chose aussi : depuis quelque temps, un nombre colossal de dentistes se sont installé en ville et leurs cabinets ne désemplissent pas. Bien sûr, j'imagine que cela n'a rien à voir…

La sirène du canal

Pour Quitterie, ma filleule
pleine de fantaisie.

1

Quand ça va pas, ça va pas...

Ilyes se promène le long du canal après l'école. Ni Oulematou ni Lisa, ses deux grandes copines, ne l'accompagnent aujourd'hui. Et ça, c'est vraiment bizarre car, d'habitude, ces trois-là sont inséparables. Après l'école, Ilyes a faussé compagnie aux filles alors que, d'ordinaire, ils font ensemble le chemin jusqu'au quartier du Muguet où ils habitent tous les trois. Le garçon a bifurqué au carrefour vers le canal, laissant les deux filles finir seules le trajet. Arrivé sur le chemin de halage, il a poussé un énorme soupir.

Ces derniers temps, rien ne va... Ses notes chutent, ce que sa maîtresse ne manque pas de lui faire remarquer presque chaque jour. Une chose que personne ne remarque, en revanche, c'est que son lit est devenu trop petit, si bien que ses pieds dépassent du matelas.

Car, depuis l'arrivée de sa petite sœur Nour, il n'y en a plus que pour le bébé. Ses parents sont sans cesse penchés au-dessus du berceau, et Ilyes a l'impression de compter franchement pour du beurre. Et, pour couronner le tout, le garçon trouve qu'Oulematou et Lisa le laissent un peu tomber. Dans la cour, elles ont de plus en plus tendance à refuser les parties de foot qu'Ilyes leur propose, à s'isoler toutes les deux pour discuter et à prendre des mines de conspiratrices quand il s'approche. Quand il en a parlé à Ahmed, son grand frère, celui-ci a haussé les épaules :

« Franchement, ça m'étonne pas, a-t-il dit, un œil sur la télé, un autre sur son portable et un doigt dans les tréfonds de sa narine. Trois, en amitié, c'est un chiffre tout pourri, gros. Regarde, même les Trois Mousquetaires, en vrai, ils étaient quatre… À trois, y a toujours un perdant. Si tu veux mon avis, laisse tomber et concentre-toi sur tes devoirs. »

Les conseils d'Ahmed n'aident pas vraiment Ilyes. D'abord parce que son grand frère ne peut revendiquer qu'une seule amitié féminine : sa console. Ensuite parce qu'Ilyes ne peut se résoudre à faire une croix sur ses deux plus vieilles amies. Quand ils se sont rencontrés en grande section à l'école maternelle Pascal-Obispo, cela a pris entre eux comme une mayonnaise. Lisa, c'est l'œuf, celle par qui tout commence : un tempérament de chef, impulsant les idées de jeux comme les bêtises. Ilyes, c'est l'huile, avec son caractère doux et enveloppant. Et Oulematou, la pointe de moutarde qui vous fait lever un sourcil d'étonnement. Au gré des années, au fil des classes, ils ont connu toutes les configurations : Oulematou et Lisa dans une classe, Ilyes dans l'autre ; Ilyes et Lisa ; Oulematou et Ilyes… Aucune des combinaisons n'a jamais mis à mal leur trio. Et, comble de la chance, pour cette dernière année de primaire, ils se retrouvent tous les trois, comme en maternelle. Aussi la distance prise par ses deux amies torture-t-elle le garçon. Ilyes se demande si ce n'est pas parce que ses deux copines le laissent tomber que ses notes baissent. À moins que ce ne soit l'arrivée du bébé ? Ou bien peut-être que ses parents et ses copines l'aiment moins parce qu'il a de moins bons résultats scolaires… Tout ça fait une sacrée pelote de soucis dans son cerveau. Et il ne sait pas comment s'y prendre pour la démêler.

Pour l'heure, il traîne des pieds pour rentrer chez lui, shootant dans les cailloux en pensant au « non acquis » accompagné d'un rond rouge qu'il a récolté aujourd'hui en français. Le soleil commence à tomber sur le canal et des milliers de petites paillettes rougeoyantes naissent à sa surface. Une péniche remonte poussivement le fil de l'eau et fait s'envoler un couple de cygnes. Absorbé dans ses sombres réflexions, Ilyes entend bien un vague sifflement mais n'y prête pas attention. En revanche, quand un vigoureux « Hé ! Toi ! » s'élève dans l'air, il tourne la tête. Le quai du canal est désert en cette fin d'automne.

Enfin, moi, je suis là, bien sûr. Mais comme je fais partie du décor, les gens ne me prêtent pas attention. Ça fait un peu de peine, oui, mais c'est bien pratique parfois…

La voix reprend, teintée d'impatience :

– Eh ! Je suis là ! T'as des problèmes de vue ou quoi ?

Alors, comme pour lui donner tort, le garçon aperçoit enfin la personne qui l'appelle.

2

Une histoire qui commence en queue de poisson

C'est déjà assez peu banal qu'une fille interpelle Ilyes. Mais ce qui l'est encore moins – et on peut comprendre qu'il ait mis du temps à la repérer –, c'est qu'elle le fasse depuis le milieu de l'eau. Car, oui, elle nage dans le canal. Ou peut-être qu'elle se noie, se dit Ilyes. Après tout, il n'a encore jamais vu personne se baigner dans ces eaux brunâtres, et encore moins par ce froid… Le garçon s'apprête à venir la secourir, mais la fille se met à lui faire de grands « non » de la tête et s'approche de la rive. Ce qui permet à Ilyes de constater qu'elle est très jolie : ses longs cheveux roux sont relevés en un chignon un peu fouillis d'où s'échappent quelques mèches bouclées. Ses yeux sont d'un vert tesson de bouteille presque transparent, piquetés d'or. Elle a des épaules rondes comme des galets de rivière. À vue de nez, Ilyes et elle ont le même âge.

– Salut, dit-elle.
– Salut, répond Ilyes.
– Tu fais quoi ? demande-t-elle.
– Pas grand-chose. Et toi ?
– Je nage, comme tu vois ! répond-elle en riant.
– Ah oui, constate Ilyes.

C'est vrai, ce dialogue n'est pas des plus passionnants. Mais j'aimerais bien vous y voir : vous parleriez de quoi avec une fille que vous venez de voir surgir de l'eau à la fin de l'automne ? Alors, soyez un peu indulgents. D'autant que, les premières secondes de surprise passées, Ilyes se ressaisit un petit peu.

– Tu fais de la natation en club ? demande-t-il.
– Non, mais j'aime nager.
– Et tu nages sans combinaison, avec ce froid ?
– Une combinaison ? répète la jeune fille.

Et elle part d'un grand rire qui rebondit comme des billes se répandant sur un parquet.

– Ben quoi, réplique Ilyes, légèrement vexé. Il fait super froid !

C'est alors que la fille désigne du doigt un point à la surface de l'eau, à plusieurs dizaines de centimètres de sa tête. En jaillit une magnifique queue de poisson irisée qui semble faire coucou à Ilyes.

– Ne t'inquiète pas, j'ai l'habitude, dit-elle.

– C'est une blague ? demande Ilyes, éberlué.

Il a vu ça dans un magazine chez Oulematou : des queues de sirène factices pour des gamines qui avaient abusé des contes de fées. La petite fille se rembrunit.

– JE suis une blague, c'est ça ?

Dépitée, elle s'apprête à replonger au fond du canal, mais Ilyes l'arrête :

– Attends, attends… Excuse-moi, je ne voulais pas te faire de la peine. Tu es une vraie sirène ?

La fille suspend son plongeon et lui jette un regard de défi.

– À ton avis ?

– Mais les sirènes vivent dans la mer…

La fille hausse les épaules.

– Pas toutes. La preuve, moi, j'habite ici. Viens voir si tu ne me crois pas !

– Tu rigoles ? Hors de question que je plonge là-dedans ! C'est bourré de microbes, il fait super froid, j'ai pas mon maillot et en pl… Aaaaaaaaah !

Tandis qu'il proteste, la sirène attrape l'une des chevilles d'Ilyes pour le faire basculer vers l'avant. Son bruyant plongeon fait s'envoler précipitamment un couple de mouettes qui, à la surface de l'eau, se demandaient comment elles avaient pu tant s'éloigner du littoral. La sirène saisit le poignet du jeune garçon et l'entraîne vers les profondeurs du canal. Comme il n'a pas eu le temps de prendre sa respiration avant son saut dans l'eau, Ilyes commence à suffoquer. Par bonheur, cela n'échappe pas à la sirène, qui interrompt sa descente pour lui souffler vigoureusement dans les narines. Instantanément, l'air emplit les poumons du garçon, qui cesse de s'agiter dans tous les sens. La sirène le regarde d'un air satisfait, les mains sur les hanches.

– Ça s'appelle un bouche-à-nez. Désolée, j'avais complètement oublié qu'il fallait le faire aux humains pour éviter qu'ils se noient quand ils plongent avec nous…

– Je te remercie de t'en être souvenue ! maugrée Ilyes entre ses dents (ce qui crée du coup une quantité de petites bulles).

– M'en parle pas ! J'ai pas pensé à le faire le jour où j'ai passé mon permis « baignade-avec-humain ».

J'ai été recalée direct ! Il m'a fallu trois fois pour l'avoir. Mais l'inspecteur était vraiment vache, conclut-elle en réempoignant la main d'Ilyes.

– C'est rassurant, bougonne-t-il.

3

Vingt mille lieues (ou presque) sous le canal

Au départ, Ilyes ne voit rien. Rien d'autre qu'une eau noire comme la nuit. Et puis, petit à petit, alors qu'ils s'enfoncent encore et encore – oui, ce canal est terriblement profond, beaucoup plus qu'Ilyes ne l'aurait pensé, en tout cas –, des petites lueurs clignotantes apparaissent, comme des lucioles fatiguées ou des ampoules en bout de course qui auraient décidé de finir leur vie au fond de l'eau.

– Ce sont des poissons-lanternes, explique la sirène. Ma cousine des abysses m'en a envoyé quelques-uns. Le problème, c'est qu'ils ne s'adaptent pas super bien. C'est pour cette raison qu'ils ne produisent pas de lumière en continu.

– Ah, dit seulement Ilyes.

À la lueur flageolante des poissons, le jeune garçon commence à distinguer le paysage qui l'entoure. Enfin, le paysage… N'allez pas vous imaginer un palais en perles et des bancs en corail sur lesquels quelques tritons discuteraient paisiblement tout en jetant à manger à de mignons petits poissons-clowns. Le royaume de la sirène a une tout autre allure. Pour dire crûment les choses, c'est une véritable décharge sous-marine, mais non dénuée de charme. Couvert d'algues bleues et vertes, un vieux caddie de supermarché bricolé fait office de fauteuil. Du tambour d'une machine à laver déglinguée et dévorée par la mousse s'échappent des silures qui nagent avec mollesse. Des carcasses de vélos enchevêtrées forment une étonnante sculpture sous laquelle la sirène a disposé deux chaises de jardin rouillées. Elle invite Ilyes à s'y asseoir.

– Tu veux grignoter quelque chose ? lui propose-t-elle.

– Euh, tu as quoi ?

La sirène farfouille dans un placard dont la porte en verre est fêlée. Sa queue de poisson bat joyeusement l'eau. Il est rare qu'elle ait de la visite.

– Alors, voyons voir… J'ai du pâté de salicorne, des étrilles en gelée, une boîte de soupe de berniques…

Pas très festif, tout ça… Ah ! Il reste un paquet d'Ostréa ! C'est une friandise très connue chez nous. Un bonbon au concentré d'eau d'huître bourré d'iode. Super bon pour la santé !

Ilyes se dit que, quitte à être plusieurs mètres sous l'eau en compagnie d'une fille à queue de poisson, autant ne pas s'arrêter en si bon chemin dans la série des expériences bizarres. Il opte donc pour le bonbon à l'eau d'huître. La sirène lui tend un joli bonbon blanc aux reflets bleus et en pioche un autre pour elle dans le paquet :

– Allez, un p'tit Ostréa !

Elle croque dedans et Ilyes l'imite. Comment vous décrire les sensations qui l'envahissent ? Aussitôt le bonbon avalé, il a le sentiment d'être fouetté au visage par une vague se fracassant sur des rochers. C'est comme si l'air du grand large soufflait à ses oreilles, portant avec lui le puissant parfum des goémons, et il croit même entendre le jacassement des goélands lui chatouiller les oreilles. Une fois le premier effet passé, il est gagné par une grande impression de légèreté. Tous ses soucis semblent s'être évaporés. Il respire mieux, plus calmement. La sirène le regarde, un demi-sourire aux lèvres, les bras croisés sur la poitrine.

– Pas mal, hein ?

Ilyes hoche la tête. Avec ses soucis, l'Ostréa semble également avoir emporté les derniers vestiges de sa timidité.

– Tu vis toute seule ici ?

La sirène secoue la tête en rigolant :

– Eh, j'ai que dix ans ! C'est trop jeune pour prendre son indépendance, quand même ! Mes parents vivent avec moi mais, là, ils sont au travail. Avant, on habitait une crique très sympa du côté de Roscoff. Un jour, ma mère a eu une offre de travail dans le coin. Alors on a déménagé, parce que mon père, lui, peut télétravailler, ça l'embêtait pas trop de bouger. Mes parents auraient bien aimé s'installer dans le fleuve, mais c'est super cher. C'est pour ça qu'on est venus dans le canal. Moi, j'aime bien. On dit toujours que c'est mal fréquenté ici, mais je n'ai jamais eu aucun problème ! Et puis je peux bricoler tranquille…

– Tu bricoles quoi ? s'intéresse Ilyes.

La sirène désigne du doigt la sculpture en carcasses de vélos.

– Ce genre de trucs. Je suis artiste, tu vois. La tête de mes parents quand je le leur ai dit… Ils me voyaient déjà rejoindre la conserverie où travaille mon père.

Elle s'appelle *Le Triton glouton*. Tu connais peut-être ? Mais le business, c'est vraiment pas mon truc. Tu aimes ça, toi ?

– Quoi ? Le business ? Ben, oui. Un peu. C'est moi qui ai vendu le plus de tickets de tombola pour la kermesse de l'école, se rengorge Ilyes.

– Ah… C'est bien, ça… dit la sirène, qui n'a pas l'air d'en penser un mot.

Ils restent quelques minutes en silence, en suçotant leur bonbon au concentré d'eau d'huître. La sirène fredonne en même temps une mélodie en battant la mesure de sa queue de poisson. Aussi étrange que cela puisse paraître, Ilyes réalise que cela faisait longtemps qu'il ne s'était pas senti aussi bien. Dans les profondeurs du canal, il se sent à l'abri. Les bruits du monde parviennent jusqu'à lui d'une façon mate et assourdie, le clapotis des eaux le berce. Un silure vient en ondoyant se pelotonner sur ses genoux, et Ilyes le gratte distraitement derrière les ouïes en contemplant la sirène. Vous avez sans doute lu cela mille fois, mais elle ne ressemble à aucune fille qu'Ilyes ait rencontrée jusque-là. En raison de sa queue de poisson évidemment, mais pas seulement. Elle ne cherche pas particulièrement à plaire.

Elle ne cherche pas à faire plaisir, ni à être gentille ou mignonne. Elle veut être comprise, partager ses idées, ses enthousiasmes. Ilyes ne connaît même pas son prénom. Elle doit porter un nom enchanteur, forcément. Ysé, Esther ou Shéhérazade…

– Je m'appelle Evelyne, au fait.

Ilyes ouvre des yeux grands comme des soucoupes. La sirène soupire en haussant les épaules :

– C'est une tradition chez les sirènes. Le troisième jour après ta naissance, tes parents montent avec toi à la surface. Et ils te baptisent du prénom de la première créature terrestre qu'ils voient. C'est une façon de célébrer les liens entre la terre et la mer…

Devant le regard un peu hébété d'Ilyes, Evelyne poursuit :

– Tu sais, je suis pas si mal tombée. Quand ils sont montés avec une de mes sœurs, mes parents ont vu un chien. Bilan, j'ai une sœur qui s'appelle Kiki… Oh là là, à ce propos ! Je dois aller la chercher au bassin des enfants, sinon mes parents vont me tuer. Désolée, il faut que je te mette à la porte !

Et, joignant le geste à la parole, la sirène empoigne Ilyes et le remonte comme une flèche jusqu'à la surface. Ilyes se hisse sur la berge, soudain frigorifié et dégoulinant comme un vieux chien mouillé.

– Outch, fait Evelyne en fronçant le nez, attends…

Elle prend une grande inspiration et souffle vivement en direction d'Ilyes qui, en à peine trois secondes, est sec comme un saucisson. Elle se met à rire franchement devant son air éberlué :

– À bientôt !

– Attends, l'arrête Ilyes alors qu'elle s'apprête à replonger. On va se revoir ?

– Oh, tu sais, je ne suis jamais bien loin. Quand je te verrai dans les parages, je viendrai te faire coucou à la surface ! À plus !

4

L'amour est un poisson rebelle (que nul ne peut apprivoiser)

Evelyne ne mentait pas.

Désormais, à chaque fois qu'Ilyes va se balader sur les bords du canal, elle surgit.

Parfois, elle l'entraîne au fond de l'eau pour lui montrer ses dernières créations : des quantités de sacs plastiques qu'elle a alignés en fonction du courant et qui se gonflent et se dégonflent comme des anémones de mer translucides ; de vieilles palettes de bois qu'elle a recouvertes d'une peinture argentée et sur lesquelles elle a collé des plumes de cygne. Ilyes trouve tout cet univers étrange et beau à la fois. Il ne comprend pas ce qu'elle a voulu représenter, mais cela le touche…

Il arrive aussi qu'ils restent tous les deux à la surface pour regarder le soleil se coucher sur les immeubles qui longent le canal. Ilyes s'assied sur le bord et Evelyne vient s'accouder à ses côtés. Certains soirs, ils parlent et rient beaucoup. D'autres, ils échangent à peine un bonjour puis restent silencieux. Ils découvrent qu'on peut être parfaitement heureux auprès de quelqu'un sans nécessairement entretenir une conversation. Et ça, c'est nouveau pour Ilyes comme pour Evelyne.

Bientôt, Ilyes se rend compte qu'il attend toute la journée sa promenade le long du canal. Et ses parents remarquent que les petits plis qu'il avait en permanence sur son front à force de froncer les sourcils ont disparu.

« Je suis amoureux », se dit Ilyes.

« Il doit y avoir un bon bulletin qui s'annonce », se disent ses parents, qui, comme tous les parents, ne comprennent rien, mais alors vraiment rien à leurs enfants.

Finalement, un soir, Ilyes prend son courage à deux mains et son plus beau sweat à capuche pour aller attendre Evelyne au bord du canal. Celle-ci arrive bien vite. Alors qu'elle s'ébroue et que des milliers de gouttelettes volent dans l'air, Ilyes sent comme une grosse balle de tennis faire des allers-retours entre sa gorge et son estomac.

– Eh, Ilyes ! Ça va ? Faut que je te raconte ! Figure-toi qu'un camion de jouets a dérapé hier sur la route qui borde le canal. Rien de grave heureusement, mais, avec le choc, la porte arrière s'est ouverte et plusieurs dizaines de poupées ont fini dans l'eau. Du coup, je suis en train de bricoler un truc incroyable, mais j'aimerais bien ton avis. Tu viens voir ?

Evelyne s'apprête, comme à son habitude, à entraîner Ilyes dans le canal quand le garçon s'écarte de la rive.

– Un autre jour, peut-être…

Evelyne fronce les sourcils en voyant Ilyes qui transpire à grosses gouttes, avec de belles plaques rouges qui marbrent ses joues.

– Tu es malade ? s'inquiète-t-elle.

– Euh, oui, enfin non. Enfin si… bafouille Ilyes.

– Tu es malade ou tu ne l'es pas ? s'impatiente Evelyne.

Ilyes respire un grand coup :

– Evelyne, ce que je voulais te dire, c'est que je crois que tu es plus qu'une copine pour moi. Tous les jours, j'attends le moment où on va se voir. Quand tu es là, la vie est plus simple, plus tranquille mais aussi plus joyeuse pour moi. J'ai l'impression que je sens mieux les parfums, que je vois mieux la lumière, que tout est plus grand et plus beau… Je voudrais être tout le temps avec toi !

Les mots d'Ilyes rebondissent dans l'oreille d'Evelyne, passent rapidement par son cerveau pour ensuite se blottir dans son cœur. Elle ressent les mêmes choses qu'Ilyes, ça lui semble évident en l'écoutant. Elle n'a juste pas pris le temps de poser les mots dessus. Alors, elle lui fait un grand sourire et l'embrasse sur la joue.

On a beau être au milieu de l'hiver, je peux vous assurer que, les semaines qui suivent, c'est comme si un grand soleil illuminait en permanence la vie d'Ilyes et d'Evelyne. Ils discutent pendant des heures, soit au bord de l'eau, soit au fond. Ils ne sont jamais dérangés car, à cette époque de l'année, personne ne se balade par là, même les joggers les plus téméraires préfèrent garder leurs baskets au placard. Aussi l'histoire d'Ilyes et Evelyne demeure-t-elle secrète, ce qui les arrange bien. Quand on commence un amour, on n'a franchement pas envie que toute la terre soit au courant. On préfère garder ça pour soi, bien au chaud.

Et puis le froid se fait moins mordant. Les sentiments entre Ilyes et Evelyne s'épanouissent en même temps que les fleurs des cerisiers du Japon qui bordent l'eau. Mais, un jour, une giboulée vient doucher leur idylle.

Une fois l'école terminée, comme d'habitude, Ilyes fonce comme une fusée aux abords du canal. Il balance son cartable sur la berge et s'approche de l'eau, où Evelyne l'attend déjà. Mais, alors que, d'ordinaire, ses yeux s'agrandissent en même temps que son sourire en voyant le jeune garçon approcher, ce soir-là une tempête a chamboulé ses traits. Ses yeux ont une teinte d'acier trempé, tout son visage est fermé. Ilyes n'a même pas le temps de prononcer un seul mot qu'elle lance :

– On va déménager… Ma mère ne se plaît pas dans son travail ici. Elle a demandé sa mutation dans un autre canal, loin d'ici. On part dans un mois.

Ilyes a l'impression que ses jambes se dérobent sous le poids de la nouvelle. C'est comme si, en quelques mots, le monde autour d'eux était devenu fragile et friable. Les larmes d'Evelyne se mêlent aux eaux grises du canal, mais Ilyes ne pleure pas. Sa vue se brouille un peu, pourtant. Des bourdonnements désagréables envahissent ses oreilles. Alors, en pressant sa main contre le bras d'Evelyne d'une façon qu'il espère rassurante, il affirme :

– T'inquiète pas. On va trouver une solution.

Ilyes ne s'attarde pas ce soir-là. Il a du pain sur la planche. Un plan à échafauder.

5

Une histoire qui prend l'eau

Cette nuit-là, Ilyes se fiche bien que son lit soit devenu trop petit et que ses orteils dépassent de la couette. Son cerveau turbine tant et tant qu'il ne sent pas le froid se faufiler entre ses doigts de pied. Il ne dort peut-être que trois ou quatre heures mais, au matin, il a la solution. Aussi, il esquive le petit déjeuner et, avant de se rendre à l'école, fait un crochet par le canal. Il appelle Evelyne, qui jaillit aussitôt de l'eau comme si elle avait attendu son retour, tapie sous l'onde. D'un grand sourire, Ilyes lui lance :

– En fait, c'est tout simple. Il suffit que je vienne habiter sous l'eau avec toi ! Mes parents ont beaucoup à faire avec Nour, ma petite sœur. Mes copines Lisa et Oulematou n'ont plus besoin de moi. Franchement, je pense que je manquerai à personne.

Et, à la fin de la phrase, le sourire sur le visage d'Ilyes a un peu rétréci.

Evelyne secoue tristement la tête.

– Impossible. Tu ne pourrais pas tenir très longtemps sous l'eau.

Ilyes ouvre de grands yeux :

– Mais si, enfin ! Avec le bouche-à-nez, je peux passer des heures avec toi dans le canal !

– Tu peux rester deux ou trois heures. Mais si je devais te faire du bouche-à-nez plusieurs fois par jour, ça déréglerait complètement ton corps. Et, à la fin, tu ne respirerais plus bien du tout, que ce soit dans l'eau ou sur la terre ferme. Non, ce serait beaucoup trop risqué pour toi.

Ilyes pousse un soupir si énorme qu'il fait s'envoler quelques mouettes posées sur le canal.

– Bon. Je suis sûr qu'il y a d'autres solutions. Je réfléchis et je reviens vite !

Évidemment, le garçon n'écoute rien de ce que dit sa maîtresse ce jour-là à l'école. Les multiplications, l'accord du participe passé avec le COD placé avant l'auxiliaire avoir ou les caractéristiques du paysage de bocage : tous ces sujets volent au-dessus de la tête d'Ilyes comme des oiseaux partant vers le

Sud au début de l'hiver. Quand la maîtresse l'interroge, il ne fait même pas semblant de chercher la réponse et se contente de la regarder d'un œil vide. À la récréation, il s'assied au pied d'un marronnier et fait tourner entre ses doigts quelques bogues qui traînent par là. À l'autre bout de la cour, Lisa et Oulematou l'observent avec inquiétude. Certes, ces derniers temps, les filles trouvaient parfois Ilyes un peu gamin, un peu bébé. Mais il n'en demeure pas moins leur copain. Aussi, elles décident de s'installer d'autorité à côté de lui à la cantine. Ilyes est en train de réduire ses petits pois à l'état de purée, réussissant l'exploit de les rendre encore moins appétissants qu'ils ne l'étaient déjà, quand Lisa pose avec fracas son plateau sur la table

– Qu'est-ce qui t'arrive ?

Ilyes interrompt son massacre de petits pois et lève un œil indifférent sur les deux filles.

– Ah bon, ma vie vous intéresse maintenant ? demande-t-il d'un ton ironique qui lui va aussi mal qu'un jogging trois bandes à une vieille dame des quartiers chics.

Oulematou hausse les sourcils :

– Oh, ça va, Ilyes. Arrête ton char ! Ça se voit que tu vas pas bien. Alors d'accord, on n'a peut-être pas été les meilleures copines du monde avec toi ces dernières semaines. Mais on sait quand il y a urgence. Et là, vu ta tête, c'est du genre urgence urgentissime. Tu nous racontes ou tu préfères continuer la conversation avec tes petits pois ?

Aussitôt, la digue de tristesse d'Ilyes cède, et les filles se retrouvent emportées par un flot de mots dans lequel il est question de sirène, de cœur qui bat plus vite et de déménagement.

Je ne développe pas puisque, grâce à moi, vous êtes déjà au courant de tout ça.

Sachez simplement qu'à la fin du récit d'Ilyes, les trois amis arborent le même visage sinistre, comme celle du président de la République juste avant une allocution télévisée.

– Il y a forcément une solution, finit par dire Lisa.

– Mais laquelle ? gémit Ilyes en se prenant la tête entre les mains.

– Mme Diarra, murmure Oulematou. Je suis sûre qu'elle pourrait nous aider, elle.

6

Mme Diarra, quatrième étage gauche

Mme Diarra est la voisine d'Oulematou. Dans le quartier du Muguet, on sait que la vieille dame a des pouvoirs. Certains la qualifient de sorcière, d'autres de magicienne, d'autres encore de guérisseuse. Une chose est sûre : il suffit qu'elle applique ses doigts sur une verrue pour que celle-ci disparaisse instantanément. Vous avez perdu votre trousseau de clefs ? Il suffit de s'en ouvrir à Mme Diarra pour les retrouver dans l'heure sur le petit meuble de l'entrée où vous aviez pourtant le sentiment d'avoir déjà regardé cinq cents fois. Le gâteau au chocolat que vous pourriez faire les yeux fermés a mystérieusement brûlé dans le four ? C'est sans doute que vous n'avez pas tenu la porte de l'ascenseur à Mme Diarra ce jour-là…

Après l'école, trois petites silhouettes s'engouffrent dans le bâtiment de la cité où habite Oulematou et filent directement sonner au quatrième gauche. On entend des *scroutch scroutch*, comme si quelqu'un faisait du ski de fond sur la moquette. Mais c'est juste la vieille Mme Diarra qui traîne des pieds dans ses chaussons. Elle entrebâille la porte, cigarillo aux lèvres et poings sur les hanches.

– Qu'est-ce que vous faites ici ? C'est l'heure de mon feuilleton *Sous le soleil demain est un autre jour*. Tu le sais pourtant, Oulematou !

– Je le sais, madame Diarra. Mais on a une urgence…

Mme Diarra se radoucit. Oulematou est une bonne gamine. À chaque fois que l'ascenseur de la cité tombe en panne – et ce serait plus rapide de compter les fois où il fonctionne –, la petite lui monte ses courses. Car pour Mme Diarra, à plus de soixante-quinze ans et six cigarillos par jour, grimper les quatre étages s'apparente à une ascension, peut-être pas de l'Everest, mais au moins du mont Blanc.

– Bon, allez, entrez les gamins. Oulematou, va chercher un paquet de Chococrousti dans le placard de la cuisine. Vous n'avez qu'à goûter pendant que je regarde la fin de mon épisode, et ensuite, vous me racontez…

– Pourquoi vous le regarderiez pas en replay ? demande Ilyes, un peu impatient de voir ses affaires avancer.

– Parce que je sais pas ce que c'est le « riplè », rétorque Mme Diarra. Et si ça ne te convient pas, tu connais la sortie…

Avant qu'Ilyes ne réplique, Lisa, en grande diplomate, enfourne un Chococrousti dans la bouche du garçon, et tous attendent donc patiemment que Kimberly trouve le courage d'annoncer à Andrew que leur fils n'était pas de lui, mais de Ian, le jardinier irlandais.

– Le mouflet est roux comme c'est pas permis alors qu'ils sont bruns tous les deux. Il est vraiment complètement con, ce brave Andrew, fait remarquer Mme Diarra, bien trop vieille pour ne pas dire de gros mots devant des enfants.

Une fois Andrew informé et le poste de télé éteint, Mme Diarra se tourne vers les trois gamins serrés en rang d'oignons sur son canapé.

– Alors ? demande-t-elle en rallumant le mégot échoué dans le cendrier.

Et c'est reparti pour des explications.

Les yeux mi-clos, Mme Diarra les écoute en tétant son cigarillo et en dodelinant de la tête, comme si les enfants étaient en train de lui chantonner une berceuse et non de lui exposer un problème gravissime. À la fin de leur récit, elle expire une impressionnante volute de fumée et dit :

– Faudrait que je voie la gamine, là. La sirène…

– Oh ben ça, c'est pas compliqué, s'enflamme Ilyes, elle est toujours dans le canal. Mettez votre manteau et je vous y emmène…

– Certainement pas, réplique Mme Diarra.

– Hein ? réplique Ilyes, éberlué.

Mme Diarra lui désigne le carreau de la fenêtre fouetté par la pluie.

– C'est pas un temps à me mettre dehors. Parce que moi, après une excursion pareille, je vais avoir mes rhumatismes qui vont se réveiller. Alors tu me ramènes ta petite copine ici, et on avise ensuite.

– Mais elle peut pas sortir de l'eau comme ça !

– Oh, mais quel empoté, peste Mme Diarra. Quand tu gagnes un poisson rouge à la fête foraine, tu es bien capable de le ramener jusque chez toi, non ?

– Mais, proteste Ilyes révolté, Evelyne n'est pas un poisson rouge !

– C'est toi qui vois, dit Mme Diarra. On peut discuter de la physiologie de ta copine pendant encore quelques heures, ou bien tu t'affoles un peu et on avance sur ton problème…

– On va se débrouiller, madame Diarra, interrompt Lisa, qui sent que la discussion menace de s'envenimer. On revient vite avec Evelyne. Oulematou, Ilyes, vous venez ?

7

Du thon, des talons et des questions

C'est ainsi que, une fois la nuit tombée, trois enfants poussent une brouette sur les berges du canal. Enfin, le garçon s'en charge tandis que les deux filles portent des seaux. Ils s'arrêtent sur le chemin de halage et, dans les dix secondes, une gamine à queue de poisson jaillit des flots. Les filles la tirent par les bras et la hissent dans la brouette. Puis, après avoir arrosé la sirène avec de l'eau du canal, l'étrange équipage repart vers la cité.

Heureusement, les ascenseurs de l'immeuble fonctionnent. Les enfants gagnent donc sans trop de difficulté le quatrième étage et l'appartement de Mme Diarra. Laquelle ne s'étonne pas un instant de trouver devant sa porte quatre enfants dont une à queue de poisson baladée dans une brouette remplie d'eau.

– Allez à la salle de bains, leur ordonne-t-elle. J'ai fait couler l'eau dans la baignoire. Ce sera plus confortable pour la petite.

Une fois tout ce petit monde regroupé dans la pièce d'eau carrelée en rose saumon, Ilyes se lance :

– Madame Diarra, vous avez réfléchi à ce qu'on peut faire ?

– J'ai réfléchi. En fait, il y a deux options possibles. Toi, Ilyes, tu as la possibilité de rester plus longtemps dans l'eau. Il ne s'agirait pas d'y vivre en permanence : personne ne saurait te transformer en triton. Mais tu pourrais aller rendre visite à Evelyne et y séjourner discrètement plusieurs jours d'affilée. Dès que tu pénétrerais dans l'eau, tu aurais une queue de poisson et les capacités respiratoires d'un être amphibien pour, disons, une grosse semaine.

– Ah ben oui, ce serait bien, s'enthousiasme Ilyes. Comment ça se passe ?

– C'est très simple. Pour que cela soit possible, il faut que tu manges du thon en boîte à chaque repas.

Ilyes blêmit.

– Même au petit déjeuner ?

– Petit déjeuner, déjeuner, dîner. Tous les jours de ta vie, confirme Mme Diarra.

– C'est chaud, murmure Lisa, formulant tout haut ce que chacun pense tout bas.

– Non, mais c'est possible, hein… Le thon, c'est bon, répond Ilyes d'un ton peu convaincu.

– Et l'autre solution, ce serait quoi ? intervient Evelyne.

– Que tu puisses te déplacer sur la terre ferme, explique Mme Diarra. Mais, pour avoir des jambes, il faudrait impérativement que tu portes des talons de 12 centimètres minimum. Constamment.

– C'est haut, remarque Oulematou.

– Et puis, à dix ans, on se promène pas avec des talons, s'écrie Lisa. Evelyne ne pourra pas courir, ni sauter, ni grimper aux arbres… Ni jouer au foot !

– Je peux peut-être essayer, murmure Evelyne d'une voix mal assurée.

Mme Diarra tape sur ses cuisses pour clore le débat.

– Bon, moi, je vous ai dit ce qui était possible. À vous de voir ce que vous voulez faire…

Le lendemain, le jour est à peine levé quand Ilyes retourne au bord du canal. Il est si tôt que les quelques cygnes sommeillent encore, leurs têtes enfouies entre leurs ailes. Mais Evelyne, elle, est bien réveillée. Elle attend Ilyes, accoudée au rebord.

Sous ses yeux, une légère ombre bleue témoigne que sa nuit a été courte et agitée. Ilyes vient s'asseoir à côté d'elle, un sourire squelettique aux lèvres. Un gros nuage de tristesse flotte au-dessus de leurs têtes, si bien qu'aucun des deux n'ose parler le premier. Ils finissent par se lancer à l'unisson :

– Je ne veux pas que tu sois obligé de manger du thon en boîte toute ta vie.

– Et moi, je n'ai pas envie que tu te fasses mal aux chevilles à cause de chaussures débiles.

Un silence de plomb nappe la surface du canal. Au bout de quelques minutes, Evelyne reprend :

– Je pense qu'il faut qu'on arrête de se voir. Tu ne crois pas ?

– Il y a forcément une solution ! s'écrie Ilyes – mais même lui n'y croit plus vraiment.

Evelyne secoue la tête.

– Il n'y en a pas. J'y ai bien réfléchi. Imagine si, dans quelques semaines ou quelques mois, on s'en veut l'un l'autre de s'obliger à manger du thon ou à porter des chaussures impossibles. Ce serait trop triste qu'on se déteste, non ? Et puis rien ne nous empêche de rester copains. Peut-être pas tout de suite, mais dans quelque temps… Je pourrais revenir pour les vacances.

Et toi, tu pourras peut-être venir me voir avec ta famille…

– Et puis tu ne pars pas tout de suite, poursuit Ilyes. On a encore deux semaines pour se voir avant ton départ…

Le visage d'Evelyne se rembrunit :

– On a assez de peine comme ça. Ça servirait à quoi de ne plus partager que des moments tristes parce qu'on sait qu'on ne se verra bientôt plus ? Je veux juste que tu saches que je suis très heureuse de t'avoir rencontré et que je ne t'oublierai jamais. C'est déjà une sacrée chance de se connaître…

Et, sans attendre la réponse du garçon, Evelyne plonge dans les profondeurs du canal.

8
Épilogue

Je préfère ne pas vous raconter les temps qui ont suivi. Ilyes portait sa tristesse en bandoulière et elle pesait si lourd, cette tristesse, que ses épaules en étaient voûtées. Ah ça, il faisait peine à voir. Cette épreuve a duré longtemps. On n'efface pas comme ça, d'un claquement de doigts, un premier chagrin d'amour. Mais il y a toujours une lichette de bonheur dans un moment triste. En l'occurrence, Lisa et Oulematou ont épaulé leur ami durant toute cette période. Elles se sont remises à jouer au foot avec lui et ont réalisé que cela leur avait manqué. Le midi, désormais, ils se réservent des places à la cantine et, le soir, ils font ensemble leurs devoirs à la bibliothèque municipale. La peine d'Ilyes s'en est trouvée allégée. Et puis, un jour, ses parents ont constaté qu'Ilyes était moins voûté. Un matin où Ahmed avait fait une blague, pourtant pas très drôle, ils ont eu la joie de voir l'ombre d'un sourire planer sur ses lèvres. Il était comme un convalescent se remettant doucement d'une longue maladie.

Ilyes se tient droit, désormais. Son histoire avec Evelyne est toujours dans un coin de sa tête et de son cœur, mais, quand il y repense, cela ne lui fait plus mal. Ou alors d'une façon presque agréable, comme un joli souvenir un peu triste. Moi qui ai assisté à toute cette histoire, cela m'a donné envie de composer un petit air sur mon ukulélé :

Eau de boudin ou queue de poisson
Parfois les histoires finissent pas bien
Queue de poisson ou eau de boudin
C'est le lot des filles et des garçons

Enfin, je ne sais pas si, finalement, cette histoire se termine si mal que ça. La sœur d'Ilyes a grandi et ses parents sont un peu moins fatigués. Ils se sont rendu compte que le sommier du garçon était vraiment trop petit pour lui et ils lui ont acheté un lit en mezzanine qui lui permet de rêver en hauteur. Surtout, Ilyes a retrouvé ses deux amies et en a même gagné une troisième. Car Evelyne lui écrit. Elle lui envoie des cartes postales imperméabilisées. C'est un silure apprivoisé qui les livre chaque mardi après l'école.

Juste après le petit pont en face de l'usine de bois, le silure sort sa gueule de l'eau, Ilyes attrape la carte et lui donne en retour une lettre enfermée dans une bouteille en plastique. Ils ont entamé une grande et belle correspondance. Je croise souvent Ilyes plongé dans ces lettres, à l'endroit même où il a rencontré la sirène pour la première fois.

– Ça va, mon gars ? je lui demande.

– Ça va ! me répond-il en souriant.

Lisa et Oulematou viennent le retrouver, et je les vois s'égayer en courant sur les bords du canal. Dans le ciel, le soleil fait des heures supplémentaires. L'été est revenu.

La fée du bus 396

Pour Oulematou,
une élève qu'on n'oublie pas.

1

La grande aventure

Je ne sais pas vous, mais moi, les parents d'aujourd'hui m'énervent. Quand j'étais gosse, on allait tous faire du vélo sur les trottoirs le mercredi après-midi. On se donnait rendez-vous pour se balader en ville, tirer deux, trois sonnettes et dépenser nos quelques sous à la boulangerie en bonbons bien chimiques. La vie, quoi… Mais, de nos jours, les enfants ont déserté la ville. Sitôt l'école finie, ils rentrent chez eux. Et ils y restent. Les parents regardent trop les chaînes d'info en continu : ils ont peur des kidnappings, des accidents, des sucreries blindées de colorants. C'est bien simple, on dirait qu'ils n'élèvent pas des gosses mais des bibelots en porcelaine. Bilan : dans la rue, on ne voit plus que des adultes pressés et des vieux en déambulateur. C'est d'un gai, je vous jure…

Heureusement, tous les parents ne sont pas aussi trouillards. Prenez ceux d'Oulematou, par exemple.

Bon, soyons honnêtes, quand leur fille vient les voir avec une tête de chaton digne d'une vidéo YouTube, ils comprennent illico qu'elle va leur demander quelque chose, et ils ne sont pas ravis-ravis de ce qu'ils entendent :

– Avec Lisa, on voudrait aller au cinéma à la Grande Ville.

Sa mère fronce les sourcils. Son père émet un sifflement entre ses lèvres. Même chose du côté des parents de Lisa, qui mènent un véritable interrogatoire de police. Quel jour les filles comptent-elles organiser leur sortie ? À quelle heure partent-elles ? À quelle séance vont-elles ? Pour voir quel film ? Dans quel cinéma ? À quelle heure seront-elles de retour ? Lisa a évidemment tout anticipé et fournit sans problème les réponses appropriées. Les parents s'appellent alors entre eux. Le coup de fil dure longtemps. Il n'est même pas terminé à la fin du journal télévisé. Enfin, la mère d'Oulematou et celle de Lisa tombent d'accord. Au passage, je ne sais pas si vous avez remarqué, mais ce sont souvent les mères qui gèrent ce genre de chose. Peut-être que si on faisait une radio de leur cerveau, on découvrirait que, à la différence des pères, le leur a la forme d'un agenda. Mais je crois tout simplement que certains messieurs aiment bien qu'on règle les problèmes à leur place, qu'il s'agisse des sorties de leurs enfants, du rendez-vous pour le passeport à prendre en mairie ou du pain de mie à racheter pour le petit déjeuner. Bref, revenons-en à Lisa et Oulematou. Bien sûr, leurs parents ne peuvent empêcher un petit voile de peur de leur napper le cœur à l'idée que les filles aillent seules à la Grande Ville. Mais il leur semble aussi important que leur progéniture sache se débrouiller dans la ville – et dans la vie. D'autant que le cinéma se situe juste à côté de l'arrêt du bus 396. Ce qui est une chance, car le frère aîné d'Ilyes, le meilleur ami des filles, est justement conducteur sur la ligne. Il suffit qu'elles choisissent une séance concordant avec les horaires de Kader et un adulte pourra les surveiller du coin de l'œil jusqu'à leur arrivée.

Les jours précédant leur expédition, Lisa et Oulematou apprennent donc à lire un plan de bus et un panneau d'affichage. À l'école, elles ne cessent de calculer et de recalculer le temps de trajet. Kader passera devant leur arrêt à 10 h 02. Il faut compter 37 minutes de route jusqu'au cinéma, où la séance débute à 11 heures. Si tout va bien, elles seront même suffisamment en avance pour se prendre des popcorns avant d'entrer dans la salle. La veille, Lisa vient passer la nuit chez Oulematou. Inutile de dire qu'elles ne dorment pas beaucoup et que la mère d'Oulematou doit venir les gronder plus d'une fois au cours de la soirée en menaçant de tout annuler.

Les filles se lèvent avec de gros cernes sous les yeux, encore plus apparents quand elles sourient. Et elles sourient beaucoup ce matin-là. Dans l'excitation, Lisa renverse son verre de jus d'orange sur la toile cirée en essayant d'attraper la boîte de céréales. Oulematou, elle, fait tomber sa tartine de confiture sur son sweat gris. Sa mère l'envoie rapidement se changer en levant les bras au ciel :

– Vous m'épuisez, toutes les deux ! Je me demande si c'est une si bonne idée de vous laisser prendre le bus sans personne pour vous accompagner !

Oulematou, partie en direction de sa chambre, fait rapidement demi-tour et passe son visage maculé de gelée de groseilles dans l'embrasure de la porte :

– Mais, maman, y aura Kader !

– Kader, Kader ! Il n'est pas payé pour faire du baby-sitting, mais pour conduire un bus !

– Madame, je vous promets qu'on se tiendra bien, jure Lisa, en train de passer le dernier coup d'éponge sur la toile cirée.

– Moui… Vous avez intérêt, si vous voulez que ça se reproduise. Allez, préparez-vous vite !

Oulematou se jette contre sa mère, entourant sa taille de ses bras et frottant son museau plein de confiture contre sa chemise de nuit qui sent encore le lit tout chaud.

– Oulematou ! Mes vêtements, enfin !

Bien sûr, elle râle. Il n'empêche qu'elle serre sa fille un peu plus fort contre elle. Son bébé devient une grande fille. Et, si cette métamorphose la réjouit, elle ne peut s'empêcher d'éprouver, en même temps, un tout petit pincement du côté du cœur.

2

On ne parle pas aux inconnus !

À son tour, le père d'Oulematou serre longuement sa fille dans ses bras quand il la dépose avec Lisa à l'arrêt de bus.

– Ça va aller, lui dit-il d'un ton grave en lui tapotant le dos.

C'est bien simple : on dirait que les deux copines partent à la guerre. Un klaxon résonne derrière elles. C'est Kader, au volant de son bus. La porte de l'engin s'ouvre avec un bruit d'expiration, comme si le bus était déjà fatigué de sa journée.

– Tu prends soin de ces deux trésors ! dit le père d'Oulematou à Kader en le menaçant de l'index.

Et ce, sans même lui dire bonjour.

– Ne vous inquiétez pas, monsieur, le rassure Kader. Je leur ai gardé les deux places juste derrière moi.

Et il désigne deux sièges effectivement vides situés juste dans son dos.

– Ah bon, on peut réserver des places dans le bus, maintenant ? ironise une mamie aux cheveux bleus qui a tout entendu.

– Exclusivement sur le Kader Express, madame ! Vous voulez que je vous en garde une pour le retour ? sourit Kader.

La vieille dame lève les yeux au ciel et grommelle quelque chose sur ses impôts, le service public, et que de son temps… Puis elle replonge le nez dans le magazine télé qu'elle est en train de lire.

– Prems près de la fenêtre ! s'exclame Lisa.

– D'accord, mais au retour, ce sera moi, négocie Oulematou.

Par la vitre, le paysage défile. Et plus le quartier du Muguet s'éloigne, plus le cœur des fillettes bat fort, dans un mélange d'appréhension et d'excitation. Elles ont l'impression d'être des aventurières. Oulematou vérifie pour la dixième fois la présence de son petit porte-monnaie dans sa poche. Dehors, la vue a déjà changé. Le bus a délaissé les rues pavillonnaires et la cité pour s'engager vers une nationale. Au bout, c'est la Grande Ville. Soudain, les immeubles semblent plus grands, et accueillent tous des panneaux publicitaires à leur sommet. Il y a peu de monde sur les trottoirs, comme si les voitures prenaient le premier rôle dans le décor.

– Qu'est-ce que t'as à renifler, demande Lisa, le regard toujours tourné vers la vitre.

– Mais, c'est pas moi, s'offusque Oulematou.

Pourtant, des *snif snif* réguliers se font bien entendre à l'intérieur du bus. Lisa tourne la tête et tombe sur la vieille dame aux cheveux bleus. La mémé la toise en levant le menton, l'air de dire : « Qu'est-ce qu'il y a, toi ? Tu veux ma photo ? » Lisa hausse les épaules et, continuant à balader son regard comme un scanner, avise un drôle de personnage : juste derrière les deux amies, une jeune femme souffle dans un mouchoir en dentelle. Et on se demande comment d'un corps si frêle peut bien sortir un bruit pareil, semblable au barrissement d'un éléphant enrhumé… Plus surprenante encore est la tenue de la voyageuse. Elle porte un justaucorps rose ainsi qu'un ample tutu pailleté qui lui descend jusqu'aux chevilles. Aux pieds, elle arbore des escarpins à gros nœuds en satin doré. Sa chevelure blonde et bouclée est surmontée d'une sorte de diadème serti d'énormes pierres bleues. C'est bien simple : on dirait qu'elle s'est échappée d'une fête costumée, ou qu'elle travaille dans un parc d'attractions.

– Ça va, madame ? s'inquiète Oulematou.

Un nouveau bruit de trompette bouchée fait voleter le mouchoir.

Les deux fillettes se regardent. Elles savent qu'elles ont déjà transgressé l'une des règles d'or imposées par leurs parents pour la journée : on ne parle pas à des inconnus, ni dans le bus, ni au cinéma. Mais voir quelqu'un de malheureux, non, ça vraiment, elles ne le supportent pas. Alors, au diable les principes des parents !

– Qu'est-ce qui vous arrive ? insiste Oulematou d'une voix douce, comme si elle s'adressait à quelqu'un de très malade.

– Je ne sers à rien, voilà ce qui m'arrive…

– Mais, madame ! Faut pas dire ça, s'offusque Lisa. On sert tous à quelque chose. Par exemple, Oulematou me souffle les réponses aux contrôles de maths. Et moi, je mange ses choux de Bruxelles à la cantine parce qu'elle les déteste.

– C'est vrai, confirme Oulematou.

– Eh ben, vous avez bien de la chance, répond la jeune femme, qui passe soudain de la tristesse à la colère. Parce que moi, je ne sers à rien, strictement à rien !!!

Et un long cri de rage désespéré transperce le petit carré de tissu. Les filles sursautent, Kader freine brusquement, la mamie aux cheveux bleus glapit en portant la main à son cœur.

– Ça va pas, la tête ?

Le jeune homme se tourne vers sa passagère, les yeux écarquillés.

– Mais enfin, madame, vous n'avez pas entendu ?

– Quoi ? rétorque la vieille dame. Que vos freins ont sacrément besoin d'un passage en révision ? Ah si, ça, j'ai entendu !

– Mais non, reprend Kader. Vous n'avez pas entendu un bruit très aigu ? Une sorte de cri ou… je ne sais quoi.

La vieille dame fait la moue.

– Mon pauvre garçon, vous entendez des voix ! Ou alors vous prenez des substances illicites qui vous font dérailler le ciboulot ! Ne dites pas non, j'ai encore vu un reportage hier au journal de 13 heures sur les jeunes qui prennent des choses avant de partir travailler…

Sur ce, la jeune femme repart dans une crise de larmes :

– Vous voyez ! Je ne sers à rien ! Ou alors à causer des problèmes aux gens !

Lisa saute de son siège et se poste aux côtés de Kader :

– On peut pas la laisser comme ça ! Il faut l'aider !

– L'aider, suffoque Kader. Cette vieille mégère ! Ne compte pas sur moi ! Je suis déjà bien bon de ne pas répliquer !

– Mais non, pas elle, soupire Lisa. La dame en rose… Elle arrête pas de pleurer depuis tout à l'heure.

Kader se retourne et jette un coup d'œil circulaire sur l'intérieur du bus. Il voit bien les deux fillettes, la mémé acariâtre, un trentenaire en costard-cravate, un papy en jogging, un ado en claquettes-chaussettes, et basta.

– De qui tu me parles ? Personne n'est habillé de rose…

– Mais enfin, s'agace Lisa, tu viens toi-même de dire que tu l'avais entendue crier !

Kader fronce les sourcils. Les rouages de son cerveau peinent à mouliner les différentes informations qui lui parviennent. Et celui-ci s'enraye définitivement quand la vieille dame l'interpelle :

– Il faut que je fasse un courrier recommandé à votre direction pour que vous vous décidiez à redémarrer ?

– Non, madame, c'est bon, on repart.

– J'ai mis six mois à obtenir un rendez-vous chez le médecin, insiste la mamie d'un ton acide. Si j'y arrive en retard, je vous garantis que vous irez allonger la file des demandeurs d'emploi.

Avant de regagner sa place, Lisa ajoute pour Kader :

– En tout cas, nous, on va pas au cinéma.

– C'est quoi cette histoire, s'alarme Kader. Vous avez tous décidé d'être pénibles aujourd'hui ou quoi ?

– C'est pas ça, poursuit Oulematou. Mais tu vois bien qu'on ne peut pas laisser la dame toute seule dans cet état.

Kader ne voit pas bien, non, mais il sent que ce n'est pas le moment d'en discuter.

– Et puis, comme ça, on ne se met pas en danger puisqu'on reste avec toi, ajoute Lisa d'un ton mielleux.

– Je sens que cette journée va être longue, soupire Kader.

3

Une fée au bout du rouleau

Pour Kader, c'est l'heure de la pause. Mais, pour une fois, il n'est pas allé retrouver ses collègues dans la petite guérite située au terminus de la ligne, où ils partagent un café avant de reprendre le travail. Non, cette fois, le jeune homme est resté dans sa cabine. Les bras croisés, il attend les explications des fillettes sur cette mystérieuse passagère.

– Mais enfin, elle était où, cette fille en rose dont vous me rebattez les oreilles depuis tout à l'heure ?

Les deux amies pointent du doigt la voyageuse.

– Mais elle est là ! Là ! Juste devant toi !!!

On se croirait au spectacle de guignol quand les enfants alertent la marionnette sur la présence du gendarme, juste derrière lui. Comme pour leur venir en aide, la jeune femme renifle un grand coup. Kader sursaute à nouveau.

– Ah, tu vois que tu l'entends, triomphe Oulematou.

– Laissez, les filles, c'est normal qu'il doute, intervient alors la créature en rose. Seuls les enfants se rendent compte que j'existe. Je suis ce qu'on appelle une fée des transports urbains. Il y a des fées du métro, des fées du tramway, moi je suis une fée du bus.

– Je... Mais... Je vous entends, dit Kader en regardant partout l'air paniqué. Mais je ne vous vois pas...

Il passe nerveusement une main dans ses cheveux, où un début de calvitie a commencé à s'installer :

– C'est vous, les bruits bizarres que je remarque depuis quelques mois ? Les petits sons aigus qui ressemblent à des crissements de pneus ? Les courants d'air alors que les portes sont fermées ? Les murmures quand je suis seul dans le bus et que ma radio est éteinte ?

– C'est moi, confirme la jeune femme.

Forcément, à ce stade, je me dois d'intervenir. Histoire de vous éclairer un peu sur cette situation étrange. Je ne vous apprendrai rien : les fées sont invisibles aux yeux des adultes. Seuls les enfants peuvent les voir en chair et en os. Oui, mais voilà :

Kader a beau avoir déjà vingt-trois ans, il a conservé ce petit quelque chose de l'enfance qui lui permet sinon de les voir, tout du moins de ressentir leur présence. Car il a beau dire le contraire, Kader est encore un gamin qui prend des Chokito au petit déjeuner et laisse ses chaussettes sales traîner sur la moquette.

– Ma mission, reprend la fée, c'est d'enchanter le quotidien des voyageurs. Par exemple, je vais souffler dans le cou d'un passager endormi pour qu'il ne rate pas son arrêt et ne commence pas sa journée du mauvais pied. Je vais susurrer à l'oreille d'un autre qu'il y a une femme enceinte debout dans le bus et qu'il serait bien avisé de lui laisser sa place.

– Et ça marche ? s'étonne Lisa.

– Sans me vanter, j'ai un taux de réussite d'environ 87 %.

– Un quoi ? demande Oulematou.

– Bon, les filles, arrêtez d'interrompre madame la fée, souffle Kader, excédé, on va jamais y arriver.

– Appelez-moi Geneviève, je vous en prie. J'allège les caddies des grands-mères qui n'arrivent pas à monter dans le bus. En été, je vaporise discrètement les dessous de bras des messieurs qui ont oublié de mettre du déodorant…

– Ah oui, c'est important, ça, approuve Lisa, avant de se taire face au regard courroucé de Kader.

– Mais surtout, poursuit la fée, la partie la plus essentielle de mon travail, c'est l'amour… Moi, ce que je veux, c'est que des histoires d'amour naissent dans mon bus.

– Mais comment vous pouvez faire ça ? s'étonne Oulematou.

– Sans me vanter, c'est une question d'intuition et d'expérience. Je peux cibler deux personnes qui lisent un livre du même auteur, deux voyageurs dont je sens qu'ils attendent de trouver un compagnon ou une compagne de vie… Mon travail, c'est de créer le moment de la rencontre. Après, ça marche ou pas, mais disons que je fais la mise en contact. Mes pouvoirs me permettent de guider les énergies. Alors je fais lever la tête de la page d'un journal, je fais s'échapper une clémentine du panier de courses pour qu'elle roule jusqu'aux pieds de quelqu'un, je fais descendre pile au même moment deux voyageurs. Sans me vanter, depuis dix ans que je travaille sur le 396, j'ai vu éclore une bonne centaine d'histoires. Certaines durent, d'autres pas. C'est la vie…

– Ah oui, c'est sympa votre métier, s'enthousiasme Oulematou.

Lisa fait une petite moue :

– Elle dit beaucoup « sans me vanter », je trouve, pour quelqu'un qui ne se vante pas… chuchote-t-elle à l'oreille de sa copine.

– Mais voilà, ajoute la fée, dont la voix se brise soudain. Depuis trois ans, rien. Pas une seule histoire d'amour, pas le moindre début de quelque chose. Pas un sourire échangé, pas une parole prononcée entre deux inconnus. C'est une véritable catastrophe !

– Vous avez perdu vos pouvoirs ou quoi ? demande Oulematou.

– Ah, mais pas du tout, s'offusque Geneviève. Sans me vanter, je fais partie des fées aux talents les plus développés. Je suis HPF, vous savez. *Haut potentiel féerique.* J'ai une capacité d'enchantement qui frôle les 93 %. Le problème, ce n'est pas moi. D'ailleurs, toutes les fées rencontrent le même souci. Non, le problème, c'est lui, dit-elle en pointant un doigt rageur sur un monsieur qui passe alors devant le bus, son téléphone dans une main, un chien en laisse dans l'autre.

Lisa fronce les sourcils. Comment ce monsieur peut-il, à lui seul, faire capoter les plans des fées ? Geneviève capte le regard de la petite fille et précise, l'air exaspéré :

– Non, mais quand je dis « lui », je parle du téléphone ! Ces fichus portables sont en train de tuer le métier, je vous le dis ! À cause d'eux, les gens ne lèvent plus le nez de leur écran. Les pouvoirs des fées ne peuvent rien contre leur force d'attraction. Les voyageurs sont complètement hypnotisés, ils ne perçoivent plus rien de ce qui se passe autour. Et alors, le pompon, ce sont ceux qui ont en plus des écouteurs. Les yeux, les oreilles… il n'y a plus aucun conduit ouvert ! Voilà pourquoi je ne sers plus à rien…

La fée se remet à pleurer à gros bouillons. Embarrassé, Kader regarde sa montre.

– Geneviève, je suis désolé, mais je dois reprendre mon service et reconduire les filles à leur arrêt de bus… Mais je suis sûr qu'il y a une solution…

– Et on va la trouver, ne vous inquiétez pas, compatit Oulematou.

– Sans nous vanter, on est plutôt du genre à avoir pas mal d'idées, grince Lisa.

Sans relever la pique, Geneviève accompagne tout le trajet retour jusqu'au quartier du Muguet de ses reniflements et ses bruits de trompette bouchée. Et, pour la première fois, Kader ne se demande pas ce qui cloche avec son moteur.

4

Le coup de la panne

Quelques jours plus tard, c'est le début des vacances scolaires. Et, comme ni Oulematou ni Lisa ne partent, elles ont tout le temps de réfléchir aux problèmes de Geneviève. D'autant que, mis en confiance par le bon déroulé de leur première expédition, leurs parents les laissent désormais sans difficulté reprendre le bus pour se rendre au cinéma à la Grande Ville. Un matin, voilà donc les deux fillettes assises à l'avant du 396, accompagnées de leur copain Ilyes, à qui elles ont tout raconté. Kader est au volant, et il est convenu que Geneviève les retrouve à l'arrêt Place de la Grange-Brûlée.

– Faudra quand même qu'on m'explique pourquoi ça s'appelle comme ça alors qu'il y a que des immeubles autour, s'interroge Ilyes, songeur, le nez collé à la vitre.

– Parce qu'avant, ici, c'était la campagne, lui répond Kader depuis sa cabine. On y cultivait les légumes qui servaient à nourrir la Grande Ville…

– Haaaaan, d'accord, s'exclame Ilyes, qui poursuit à l'adresse de ses deux copines : Franchement, mon grand frère, il sait trop de trucs…

– De fou, approuve Lisa.

Mais voilà que, des tréfonds du bus, la fée arrive.

– Geneviève, on a eu une idée, déclare Oulematou.

– J'AI eu une idée, précise Lisa.

– Oui, Lisa a eu une idée, reconnaît Oulematou. Il faudrait une panne.

– C'est-à-dire ? demande Geneviève, sceptique.

– Ben oui, poursuit Lisa. Si le bus tombe en panne, ça va perturber les gens. Ils vont lever le nez de leur portable et commencer à se parler. C'est scientifique ! Quand tu changes la routine de quelqu'un, forcément, son comportement évolue. Par exemple, mon père, s'il ne trouve pas sa marque de rasoirs préférée au supermarché, ben il préfère se laisser pousser la moustache.

Geneviève hausse les épaules.

– Si vous voulez… Mais, franchement, j'ai peu d'espoir. L'amour est mort, voilà tout. Il faut que je m'y fasse et que je me reconvertisse. Je pourrais devenir fée de supermarché. Vous remettez en place les boîtes de conserve que font tomber les clients en passant, vous enlevez discrètement des produits dans le caddie de ceux qui choisissent la caisse moins de dix articles et qui en ont quinze ou vingt. Ça a l'air génial, explique-t-elle d'un ton morne.

– Kader, demande Lisa, pas échaudée par la déprime de la fée, tu pourrais faire semblant de tomber en panne, tu penses ?

– Et mettre tous les collègues dans l'embarras parce que le planning va être chamboulé ? Certainement pas !

– Allez, sois sympa, supplie Oulematou.

– Juste dix minutes, plaide Lisa.

– En plus, j'ai toujours dit aux filles que tu étais un trop bon acteur, renchérit Ilyes. Ce serait l'occasion de le leur montrer.

Le garçon sait qu'il a touché le talon d'Achille de son grand frère. Car Kader fait partie d'une troupe de théâtre amateur. Et il décroche souvent le premier rôle dans la pièce de fin d'année. Le problème, c'est que peu de gens le savent. Le nombre de spectateurs ne dépasse pas les vingt personnes, parmi lesquels ses parents et ses deux frères (Nour, la petite sœur, est encore trop jeune pour apprécier ses talents).

Cette panne, ce serait l'occasion inespérée d'élargir son public…

Quelques minutes plus tard, le bus fait un arrêt brutal sur le bord du trottoir.

– Eh, mais ça va pas de freiner comme ça ! peste une dame.

– Il veut nous tuer, ce cornichon ? poursuit un homme.

– Ah, mais ça, monsieur, c'est à se demander s'ils ont eu leur permis dans une pochette-surprise, de nos jours !

– Tout à fait, madame, c'est insupportable !

– Tu vois, ça fonctionne déjà, glisse Ilyes à l'oreille d'Oulematou.

La tête de Kader surgit alors de la cabine. Ses yeux roulent dans ses orbites, il se frappe la poitrine :

– Ô caprices de la machine ! Ô impermanence du moteur ! Ne serait-ce pas une avarie de matériel qui vient assombrir notre sublime trajet ? Ô dieux ingrats ! Pourquoi punir ainsi votre messager zélé ? Pourquoi accabler ainsi ces vaillants voyageurs en jalonnant d'embûches leur héroïque périple ?

– Trop beau, approuve Ilyes, qui est à deux doigts d'applaudir.

– Mais qu'est-ce qu'il raconte ? demande le monsieur, éberlué.

– Je ne sais pas, je ne comprends rien, lui rétorque la dame.

Déçu par la nullité de son public, Kader s'exaspère :

– Il y a une panne ! Je ne peux pas repartir pour le moment !

– Ah ben, il suffisait de le dire, s'exclame le monsieur. Bon, y en a pour longtemps, vous pensez ?

– Je ne sais pas du tout… Déjà, faut que j'appelle mon responsable…

– Oh là là, on n'est pas sortis de l'auberge ! soupire le monsieur en regardant sa montre. Et dire que, dans même pas trente minutes, *Sous le soleil, demain est un autre jour* va commencer !

La dame tressaute comme si une guêpe venait de lui piquer les fesses :

– *Sous le soleil, demain est un autre jour*, c'est bien la série télé ?

– C'est ça, confirme le monsieur, qui transpire et dont la jambe soudain est prise de tremblements nerveux.

– Et c'est rater votre feuilleton qui vous met dans cet état ? se moque la dame.

– Ah mais, excusez-moi, c'est une super série, se défend le monsieur. Ça parle de la vraie vie, des vrais problèmes des gens.

– Bien sûr ! ironise la dame. La vraie vie dans des décors en carton-pâte, avec des mamies qui ont l'air d'avoir trente ans et des chauffeurs de bus qui ont des têtes de top-modèles !

– Eh ! s'offusque Kader. Ça, c'est tout à fait possible.

– Mon pauvre, reprend avec dédain la dame à l'adresse de son voisin, réveillez-vous ! La télé vous a complètement grignoté le cerveau si vous tenez à votre feuilleton à ce point !

– Madame, je ne vous permets pas !

– Peut-être, mais je m'y autorise, monsieur !

L'intérieur du bus prend des allures de cocotte-minute. Chaque voyageur a une opinion à partager sur *Sous le soleil, demain est un autre jour*. De chaque côté de la travée centrale, deux camps se déploient qui s'insultent copieusement.

Soudain, Kader se racle fortement la gorge. Ce qui a le mérite d'ouvrir une ruelle de silence dans laquelle il s'engouffre prestement :

– Ô malice du vilebrequin ! Ô mystères insondables des pistons ! N'est-ce pas un frémissement de la machine que je perçois à cette heure ? Oui ! Apollon est descendu de son ciel azuréen pour prêter main-forte à l'humble aurige que je suis ! Miracle !

– Qu'est-ce qu'il raconte ? demande le monsieur.

– Ben, je pense qu'il veut dire qu'il redémarre, dit la dame.

– Oui, c'est ça, confirme Kader d'un hochement de tête, ravi qu'au moins quelqu'un ait été sensible à la beauté de sa tirade.

– Aaaaaaaah ! s'exclament les autres voyageurs.

Étrangement, trois petites têtes ne se réjouissent pas plus que ça de la nouvelle.

– Nous, en revanche, on est au point mort, glisse Oulematou à Ilyes et Lisa.

5
L'amour à l'arrêt de bus

Les jours suivants, Geneviève n'en finit pas de traîner son spleen dans le fond du bus. Ses soupirs sont devenus si intenses qu'il arrive même que des voyageurs jettent un regard suspicieux par-dessus leur épaule avant d'interroger leur voisin : « Vous n'avez pas entendu un truc bizarre ? » Si ses plaintes parviennent à fendiller l'âme d'un adulte, je vous laisse imaginer le niveau de désespoir de notre chère fée… D'autant que ses sanglots troublent souvent Kader dans son service, au point qu'il s'est fait remonter les bretelles par sa cheffe. Aussi, tant pour le moral de Geneviève que pour la carrière de Kader, Ilyes, Lisa et Oulematou décident de prendre les choses en main.

Quelques jours plus tard, du côté du quartier du Muguet, on peut voir les enfants rassembler de vieux cartons et emprunter un pot de peinture rose dans le box des parents d'Ilyes, celui qui a servi à peindre la chambre de sa petite sœur, Nour (que voulez-vous, le père d'Ilyes est persuadé qu'une fille doit avoir une chambre rose… Oui, moi non plus je ne trouve pas ça très moderne, mais bon…). Tout l'après-midi, ils s'affairent à rafistoler, assembler, peindre…

Le matin suivant, Oulematou, Ilyes et Lisa montent dans le bus 396 avec leur œuvre. Ils ont rendez-vous avec Geneviève à l'arrêt du Crapaud Bigleux. Cet arrêt dessert un quartier où sont installées de nombreuses entreprises, non loin du canal. Il est donc très fréquenté, et c'est exactement ce qu'il leur faut. La fée, qui les attend sous l'Abribus, a l'air d'aller plus mal que jamais. Ses boucles sont toutes raplapla, les nœuds en satin de ses chaussures sont bien crottés et une grosse tache de jus d'orange constelle son justaucorps rose. Même Lisa, qui ne la porte pas spécialement dans son cœur, a de la peine pour elle.

– T'inquiète pas, Geneviève, cette fois-ci, notre plan va marcher, lui glisse-t-elle à l'oreille.

– Hmmmpppffff, fait Geneviève.

– J'explique : c'est une émission que ma sœur regarde à la télé qui nous a donné l'idée, lance

Oulematou, tout excitée. C'est des gens qui cherchent l'amour, mais comme ils y arrivent pas, ils font plein de tests de personnalité. Et ensuite, un ordinateur leur dit qui peut le mieux leur convenir ! Et après, ils se mettent ensemble et ils sont contents. Enfin, des fois…

– Et donc, nous, on va faire pareil, enchaîne Ilyes. On a récupéré des tests sur Internet, on va proposer aux gens de les faire et après, on mettra ensemble ceux qui ont le plus de points communs.

– Gnnnnnnnniiii, fait Geneviève.

– On prend ça pour un oui, dit Lisa en lui tapotant la main comme à une malade. Laisse-nous faire, repose-toi, on gère.

Aussitôt, les trois enfants mettent en place un petit stand en carton, couvert de petits cœurs avec écrit en rose :

CABANE DE L'AMOUR !!!
Avis à tous les cœurs solitaires,
Cupidon est en ambuscad[1] !
GRATUIT

1. « Embuscade » fait partie de la liste de mots à apprendre donnée par Mme Teurgoule au début des vacances. Les enfants vont devoir réviser encore un peu…

Les enfants ont à peine fini de s'installer sous l'Abribus qu'une dame vêtue d'un élégant tailleur gris perle s'arrête et lit le panneau avec intérêt.

– Vous voulez essayer, madame ?

– Pourquoi pas ? Ça prend longtemps, votre truc ?

– Dix minutes à peine, la rassure Ilyes. Le temps de répondre au questionnaire de personnalité.

La dame hausse les épaules. Elle n'a pas spécialement envie d'aller s'enfermer tout de suite dans la grande tour de vingt étages où elle travaille. Et puis ces enfants ont une bonne bouille. Elle les voit tenter d'interpeller les passants, sans grand succès, il faut bien le dire. Alors, dix minutes de son temps pour faire plaisir à trois gamins, franchement, ça ne lui coûte pas grand-chose…

– Allez, passez-moi votre questionnaire, sourit-elle.

– Oh ! Trop bien ! Merci, madame ! s'exclame Oulematou.

– Ffffllllllllttt, approuve Geneviève.

– Ce soir 18 heures, pour les résultats, à la sortie de votre travail, annonce Lisa. Ça vous va ?

– Parfait ! À ce soir, alors, dit la dame en s'éloignant, ses talons claquant sur le sol dallé.

Plusieurs heures se passent sans que… rien ne se passe, sinon les bruits bizarres de Geneviève. Soit les adultes ne sont pas intéressés par la cabane de l'amour, soit ils n'ont pas le temps. Et puis, une fois que les gens sont installés à leur bureau, la rue est déserte. Heureusement, à l'heure de la pause-déjeuner, un monsieur accepte, à son tour, de remplir le questionnaire.

– Vous avez rendez-vous ce soir avec l'amour, à 18 heures ! claironne Lisa.

– Ben, ce serait pas du luxe, bougonne le monsieur en tournant les talons.

Oulematou met un coup de coude dans les côtes de Lisa :

– Mais t'es folle de lui promettre un truc pareil ! On n'en sait rien !

– Ben si, on va le coller avec la dame de ce matin, répond Lisa en haussant les épaules.

Ilyes lève les yeux des papiers dans lesquels il était plongé :

– Le problème, c'est que leurs questionnaires ne correspondent pas du tout… Elle dit adorer faire du jogging à l'aube, lui adore aller en boîte de nuit. Elle écoute de la variété française, lui du rock métal allemand… Ça sent la cata…

– Les contraires s'attirent, il paraît. Et puis, on n'a pas vraiment le choix, rétorque Lisa. C'est ça ou rien !

– Baaaaaaaaaaa, approuve Geneviève.

À 18 heures tapantes, la dame en tailleur gris perle s'avance vers l'Abribus, les joues un peu plus roses que le matin.

– Ah ! on vous attendait, l'accueille Lisa avec un bagou digne d'un agent immobilier.

La dame sourit :

– Alors, vous l'avez trouvé ?

– Ça n'a pas été facile, répond Lisa. On avait énormément de candidats, mais on a mené une analyse très fine de vos données et on a trouvé le bon !

– Hiiiiiiii, approuve Geneviève.

La dame, touchée par l'enthousiasme des enfants, en rajoute un peu :

– Oh, j'ai hâte, j'ai hââââte !

Lisa lui désigne une petite silhouette qui s'avance à l'horizon :

– Tenez, justement, le voilà ! Aussi ponctuel que vous. Prête pour un aller simple vers l'amour ?

Mais, soudain, les traits de la dame se figent. Son teint rosé devient écarlate. Elle se tourne, glaciale, vers Lisa :

– C'est une blague ?

– Ben non, pourquoi ? Je vous présente… Ilyes, tu peux me redonner le prénom de monsieur, inscrit sur la fiche ?

– C'est Jean-Guy, répond la dame d'un ton sorti tout droit du congélateur.

– Ah, mais vous vous connaissez déjà ! Ça va faciliter la mise en contact !

– Un peu que je le connais, confirme la dame, dont la voix s'est désormais égarée du côté de l'Antarctique. C'est mon ex-mari. Il m'a pourri la vie pendant dix ans.

– Ouille, chuchote Ilyes.

Jean-Guy arrive justement au niveau de la cabane en carton. Et, plus il se rapproche, plus ses pieds semblent rechigner à aller de l'avant.

– Béatrice, qu'est-ce que c'est que cette plaisanterie ? C'est toi qui as manigancé cette histoire de cabane de l'amour ?

– Ne rêve pas trop, mon pauvre Jean-Guy. Figure-toi que, selon cette bande de petits rigolos, on serait parfaitement compatibles !

– Ah ben ça, on a testé, je peux vous dire que non, s'esclaffe Jean-Guy.

– La faute à qui, on se le demande, rétorque Béatrice en chassant de la main une poussière imaginaire sur le revers de sa veste.

– Ooooh, mais j'en ai autant à ton service, s'offusque Jean-Guy.

Pendant que les deux candidats de la cabane s'écharpent, les enfants remballent en toute hâte leur petit stand, puis épaulent Geneviève pour qu'elle se lève de son banc. Coup de chance, un bus apparaît à l'horizon. À peine les portes sont-elles ouvertes qu'ils s'engouffrent dedans, sans demander leur reste.

6
Dernière chance

Les vacances touchent à leur fin. Dans les jours qui ont suivi leur dernier échec, les enfants se sont surtout attachés à remettre Geneviève sur pied. À force d'attentions, Oulematou, Ilyes et Lisa ont réussi à la rétablir un peu. Oh, elle est encore frêle. Quand je la vois discutant avec les enfants à l'arrêt du 396, elle paraît aussi fragile que les plumets blancs d'un pissenlit. Mais enfin, elle a retrouvé l'usage de la parole et, parfois, un sourire minuscule éclot sur ses lèvres pâlottes. Les enfants se réjouissent d'autant plus de cette amélioration qu'ils ont eu une ultime idée pour l'aider.

– Enfin, J'AI eu l'idée, précise Oulematou. Voilà : on a fait croire au directeur général des bus qu'on devait faire un exposé à l'école sur un métier qui nous passionne. Évidemment, on lui a dit que ce métier, c'était le sien, et on a rendez-vous avec lui pour l'interviewer.

– Et il vous a crus ? s'étonne Geneviève.

– Oh, tu sais, sourit Lisa, les adultes aiment bien qu'on les flatte… Et puis Kader a bien voulu jouer le rôle de notre enseignant pour finir de le convaincre.

– On l'a quand même fait répéter avant, poursuit Ilyes. Et heureusement : il voulait commencer la conversation par « Bonjour, cher directeur de l'écurie des chevaux du bitume »…

– Mais c'est réglé : on voit le directeur demain, continue Lisa. Parce qu'on a besoin de lui pour un nouveau plan, qui pourrait bien marcher… Enfin, disons que ça ne peut pas être pire que les précédents.

Le lendemain, les enfants pénètrent dans le grand bâtiment qui héberge la compagnie de bus. Après avoir donné leurs noms à l'entrée, ils grimpent tous dans un très bel ascenseur qui les propulse au 24ᵉ étage de la tour. Une assistante les conduit alors jusqu'à une vaste pièce avec une immense baie vitrée qui domine la Grande Ville. Le directeur est assis derrière un bureau recouvert de dossiers et documents en tous genres. C'est à peine si on voit dépasser de l'ensemble une masse de cheveux soigneusement peignée et du même gris que la moquette.

– Ah ! voilà mes vaillants petits reporters, s'exclame-t-il en voyant les enfants approcher. Mais vous n'êtes pas venus avec votre enseignant ?

– Euh, non, répond Oulematou.

– Ah, bien, fait le directeur, un peu surpris. Bon, vous avez préparé des questions, je suppose…

– Euh, non, rétorque Ilyes.

Le directeur fronce les sourcils mais, comme il est habitué aux situations de crise, il se reprend aussitôt :

– Vous avez raison ! Rien de tel que l'improvisation ! J'aime ça ! C'est comme ça qu'on devient un premier de cordée ! L'audace ! Le risque !

– En fait, on n'est pas venus du tout pour ça, le coupe Lisa, qui ne laisse même pas au directeur le temps de reprendre son souffle avant de lui expliquer les problèmes qui minent les bus : l'isolement, les gens qui ne se parlent plus, qui ne se regardent plus, qui…

C'est un festival d'impolitesse puisque, à son tour, le directeur coupe la parole à Lisa :

– Oui, oui, oui, dit-il avec un geste impatient de la main, comme s'il chassait une mouche devant ses yeux. Je sais tout ça. Malheureusement, qu'y pouvons-nous si les gens sont obnubilés par leurs téléphones ?

Oulematou déploie alors une grande feuille à dessin sur la table, bardée de schémas et d'annotations.

– Vous pourriez essayer ça, commence-t-elle.

Une dizaine de minutes plus tard, un grand sourire barre le visage du directeur.

– Mais voilà qui ferait une superbe opération commerciale à destination de nos usagers, s'exclame-t-il.

– Oui, enfin, le but, c'est de permettre aux gens de rencontrer l'amour, comme ça notre amie Geneviève retrouvera tous ses pouvoirs, souligne Oulematou.

– Laisse-le croire ce qu'il préfère, lui susurre Lisa à l'oreille. Le but, c'est qu'on ait ce qu'on veut.

Elle se tourne alors en souriant vers le directeur :

– Marché conclu, alors ?

Quelques jours plus tard, c'est un drôle de bus 396 qui sort du dépôt. Bien sûr, au volant, vous reconnaîtriez un de ses chauffeurs les plus fameux, j'ai nommé Kader. Mais sinon… L'engin s'est départi de la couleur blanc sale de sa carrosserie pour un rouge brillant et pailleté. C'est dire l'étonnement des voyageurs du bus de 8 h 27 quand ils le voient arriver. Et ce, même s'ils s'attendaient à une surprise.

Car les passagers ont tous répondu à un appel lancé par la compagnie de bus :

Vous aimeriez beaucoup que l'amour vous appelle
Mais entre lui et vous, il y a coupure de ligne ?
Lundi, 8 h 27, arrêt de la Passerelle,
Il y a de grandes chances qu'il vous adresse un signe !

Quand Kader ouvre les portes du bus, une bonne trentaine de personnes trépignent pour monter. Le nez à la fenêtre, Geneviève et les enfants n'en reviennent pas.

– Messieurs-dames, messieurs-dames, ne vous inquiétez pas, tout le monde montera, tente de les calmer Kader. En revanche, je vous demanderai de bien vouloir déposer vos téléphones dans la boîte que vous présente Ilyes, mon assistant. Ils seront surveillés pendant le voyage, et vous les récupérerez lors de votre descente…

À ces mots, quelques personnes sortent brusquement de la file d'attente et s'éloignent en maugréant et en papouillant leur téléphone. Mais ils sont bien peu nombreux. Les autres abandonnent sans rechigner leur appareil, impatients de découvrir l'intérieur du bus. Et ils ne sont pas déçus.

Les sièges étroits et inconfortables ont été remplacés par des canapés sur lesquels ont été disposés des coussins aux couleurs vives. Au fond du véhicule, un vaste comptoir en bois de palissandre a été installé. Devant, une rangée de tabourets et derrière, une superbe machine à café chromée venue tout droit d'Italie qui prépare des *espressos*, des *latte macchiatto*, des *frappuccinos*. Elle crache des petits jets de vapeur et fabrique des nuages de lait vaporeux. Juste à côté, un samovar garde toujours chaud un délicieux thé à la bergamote. Sur le comptoir, des corbeilles ont été remplies de croissants, de parts d'*apfelstrudel* et de brioche à la cannelle. On trouve aussi, dans des assiettes en porcelaine, des framboises, des cubes de melon ou des bouts de caramboles découpés en forme d'étoile. Des enceintes diffusent une playlist des plus belles chansons d'amour. Dans un coin, deux fauteuils club sont disposés de part et d'autre d'une bibliothèque richement fournie. Justement, un homme et une femme tendent le bras vers le même livre, un recueil de poésie de Louis Aragon. Ça les fait sourire tous les deux, et ils entament la conversation. De toute façon, le bus bourdonne de discussions. Geneviève est pour beaucoup dans cette réussite : d'une pichenette aussi légère qu'une plume, elle pousse gentiment les timides vers les autres voyageurs, elle baisse le volume de la musique pour que les échanges soient plus faciles. Elle embaume l'air d'un voile d'huile essentielle de lavande pour détendre tout le monde.

Tous ne commenceront pas une histoire d'amour, mais Geneviève sent que quelque chose s'est remis à circuler entre les gens : des mots, mais aussi des sentiments, des émotions. Et ça, c'est déjà quelque chose…

7

Épilogue

Vous vous en doutez : le bus de 8 h 27 a connu un succès phénoménal. Tellement phénoménal que la compagnie a dû affréter plusieurs véhicules supplémentaires pour répondre à la demande des usagers. Le directeur de la compagnie est content. On a parlé de son initiative dans les journaux, sur les télés. Il y a même une radio japonaise qui est venue l'interviewer ! Et le nombre d'abonnés a augmenté.

Dans ces bus spéciaux, Geneviève a favorisé la naissance de quelques histoires d'amour, mais elle se dit aussi que l'amour peut prendre plein de formes, pas seulement celle du couple. Il peut passer par un geste attentionné, un sourire échangé, une lecture de poème partagée… Elle ne se met plus autant la pression, ce qui la rend beaucoup plus efficace. Ce qui lui importe, c'est que les gens recommencent à se parler. Oui, il faudra qu'elle partage ses réflexions avec ses amies les fées des bus 327 et 272. Et avec la fée du métro, aussi, peut-être…

Geneviève a soufflé à l'oreille du directeur de récompenser Oulematou, Ilyes et Lisa pour leur bonne idée. C'est ainsi que chaque mercredi, à 14 h 47, un bus des enfants part du quartier du Muguet et dessert plusieurs arrêts jusqu'à la Grande Ville. Kader a demandé à en être le chauffeur exclusif. À l'intérieur, on trouve une piscine à balles, un bar à jus de fruits, un baby-foot. Quand il est à l'arrêt, un toboggan gonflable se déploie depuis le toit du véhicule ; les enfants y accèdent depuis une petite échelle. Parfois, les jeunes passagers ont un atelier « initiation à la conduite du bus » (c'est le directeur de la compagnie qui y tient beaucoup) sur un circuit avec Kader. Ilyes, Lisa et Oulematou sont de toutes les balades et attendent le mercredi avec encore plus d'impatience qu'autrefois. Avec leurs copains, ça fait une ribambelle de gosses qui se déploient dans les rues et, bon sang, que ça fait du bien !

Moi ? Vous me demandez si je suis content aussi ? Oh, c'est gentil de vous soucier de mon moral comme ça. C'est rare, des lecteurs aussi attentionnés, qui prennent soin de demander des nouvelles du narrateur. Non, vraiment, vous êtes formidables. Pour être honnête, ça va pas mal. Figurez-vous qu'un jour, vraiment par hasard, hein, je suis monté dans le bus de 8 h 27. Et disons que, depuis… Eh bien, je me balade toujours le long du canal, mais… plus tout seul ! De qui s'agit-il ? Alors là, permettez-moi de garder cela pour moi. De toute façon, il est bien possible qu'on se croise un de ces jours au bord de l'eau…

Mais une chose est sûre : que chacun soit heureux à la fin d'un conte, c'est bien la moindre des choses, vous ne croyez pas ?

Remerciements

À Erell Guéguen, pour son accompagnement tout au long de l'écriture de ce livre.

À l'équipe du Salon du livre et de la presse jeunesse de Montreuil pour la résidence au sein du collège Garcia-Lorca de Saint-Denis, qui a nourri ce texte. À Samira Chafai et Marie Stéphane, qui m'y ont chaleureusement accueillie.

À Oulematou Magassa et Idir Hocini, dont la relecture attentive m'a été si précieuse.

À Léonard, sans qui ces contes n'existeraient pas.

À Alex, au soutien sans faille.

À Kim-Suu, Kyllian, Charlotte, Barbara, Dalia, Maissa, Ania, Kelya, Djenna, Malak, Mohamed, Rayane, Salomé, Jean, Louise, Marceau, Camille, Quitterie et Clémence, ainsi qu'aux anciens élèves de la 5e 5 du collège Garcia-Lorca de Saint-Denis et à tous les autres enfants auxquels j'ai pensé pendant l'écriture du livre.

Table des matières

Achevé d'imprimer au 4e trimestre 2023 en Italie par Grafica Veneta

Dépôt légal : octobre 2023

Plus d'information sur la fabrication de nos livres :
editionsmilan.com/comment-fabriquons-nous-nos-livres

PEFC
PEFC/18-31-226

Certifié PEFC

Ce produit est issu de
forêts gérées durablement
et de sources contrôlées

www.pefc-france.org